POURQUOI LA POÉSIE ?

L'HÉRITAGE D'ORPHÉE

AGORA

Collection dirigée par François Laurent

FABRICE MIDAL

POURQUOI LA POÉSIE ?

L'HÉRITAGE D'ORPHÉE

POCKET

Le papier de cet ouvrage est composé de fibres naturelles, renouvelables, recyclables et fabriquées à partir de bois provenant de forêts plantées et cultivées durablement pour la fabrication du papier.

ISBN : 978-2-266-18976-7

La poésie « partant de la terre – c'est le premier millimètre d'air au-dessus d'elle »[1].

Marina Tsvetaeva,
L'Art à la lumière de la conscience

« La poésie, plutôt qu'un enseignement, et plus même qu'un ensorcellement, une séduction, est une des formes exorcisantes de la pensée. Par son mécanisme de compensation, elle libère l'homme de la mauvaise atmosphère, elle permet à qui étouffait de respirer[2]. »

Henri Michaux, *L'Avenir de la poésie*

« Le poète meurt parce qu'il ne peut plus respirer. »

Alexandre Blok, *De la mission du poète*

1. Marina Tsvetaeva, *L'Art à la lumière de la conscience*, trad. V. Lossky, Cognac, Le temps qu'il fait, 1987, p. 54.
2. Henri Michaux, « L'Avenir de la poésie », *Œuvres complètes I*, Paris, Gallimard, la Pléiade, p. 969.

À François Fédier,
qui rend à la parole son exigence éthique

À Hadrien France-Lanord
dont l'héroïsme épique soulève d'enthousiasme

À Clément Cornet
si profondément lyrique en sa demande et en son chant

Sommaire

Introduction

« Les gens devraient aimer la poésie comme un enfant aime la neige. »

Wallace Stevens

La parole poétique, et elle seule, ne sait pas. Elle ne cherche pas cette assurance que les hommes ont pris l'habitude de toujours vouloir et qui les conduit à se livrer pieds et mains liés à des discours qui le leur font croire. Des discours qui se succèdent à d'autres discours. Des discours qui donnent le sentiment que tout s'explique ou pourrait s'expliquer. Qui donnent de l'assurance. Qui aveuglent. Des discours affairés qui occupent. Paroles d'« expert » et de professionnels.

La parole poétique ignore la « communication », l'impératif de transmettre des informations et de produire du sens. Elle ne cherche pas à être habile. Comme l'écrivit John Butler Yeats (1839-1922) : « Nous sommes portés à imiter ce que nous comprenons le moins [...] Ce que nous comprenons, nous le comprenons. Nous imitons l'impénétrable...[1] »

Le poète tente en effet de retrouver cet état où les mots ne servent pas, n'ont pas d'usage, mais où chacun d'eux

1. John Butler Yeats, *Lettres à son fils (William Butler Yeats)*, Paris, éd. José Corti.

rayonne et fait signe. Alors il dit la vérité. Il est le seul. Ou presque.

Aussi rien n'est moins poétique que la poésie et, comme le souligne Paul Eluard (1895-1952) : « Rien de plus affreux que le langage poétisé, que des mots trop jolis gracieusement liés à d'autres perles. La poésie véritable s'accommode de nudités crues, de planches qui ne sont pas de salut, de larmes qui ne sont pas irisées. Elle sait qu'il y a des déserts de sable et des déserts de boue, des parquets cirés, des chevelures décoiffées, des mains rugueuses, des victimes puantes, des héros misérables, des idiots superbes, toutes les sortes de chiens, des balais, des fleurs dans l'herbe, des fleurs sur les tombes[1]. » La poésie est l'épreuve de pointe de la vie humaine, dans le sursaut d'une parole enfin conduite à son chant. Une parole qui permette de respirer. De se tenir droit. Qui cesse de rêvasser.

Garder la parole vivante est une épreuve fulgurante. En effet, touchez le rayon de la poésie et le voilà qui s'évanouit : « Dès qu'elle se prétend poésie, souligne Jacques Audiberti (1899-1965), dès qu'elle se fatigue à se démontrer, la poésie doute, elle est perdue[2]. » Il n'est possible que d'apprendre à s'exposer à ce rayon unique. À s'en remettre à lui. Le poète est l'homme de l'avant-poste. Celui qui est « en avant ». Celui qui est risqué par la poésie.

Sa parole seule ne prouve rien, ne convainc pas et ne cherche pas à convaincre. Elle est sans argument.

Aussi, elle ne tient pas. Et lui, le poète, non plus, il ne tient pas. Ou plus exactement, tenir ne se fait, pour lui, qu'au prix de l'épreuve d'un extraordinaire effondrement. Toujours à recommencer. Il sait comme nous le dit Antonin Artaud, dans une lettre de mars 1947, à André Breton

1. Paul Eluard, *Les Sentiers et les routes de la poésie*, Paris, Gallimard, 1954.

2. Audiberti in Jacques Charpier et Pierre Seghers, *L'Art poétique*, Paris, Seghers, 1956, p. 696.

que « Toute expérience est résolument personnelle, et l'expérience d'un autre ne peut servir hors lui à qui que ce soit sous peine de créer ces poudroiements sordides d'alter ego qui composent toutes les sociétés vivantes et où tous les hommes sont frères en effet parce qu'assez lâches, assez peu fiers pour se vouloir chacun sortis d'autre chose que d'un même et identique con, d'une similaire conasse, de la même, irremplaçable et désespérante conerie, dont on a vite fait de faire le tour puisque tout le monde est de naissance forcé de penser la même chose sur le plus grand nombre des points[1]. »

La poésie est l'épreuve de chacun. La seule à ne pas pouvoir être « collective ». L'ultime épreuve de liberté.

Elle est l'affirmation d'une singularité assumée là où le discours moralisant, convenu et rassurant, est usé comme une vieille serpillière.

La poésie est une parole qui fait échappée. Une parole qui détale, fuit ce discours assujetti qui parle au nom de l'universel évidé à l'universel évidé sans jamais dessiner les contours d'une authentique *communauté* et, surtout, sans considérer personne en propre. Personne. La parole poétique est une parole qui fait effraction dans la toile d'araignée contractuelle et qui *s'adresse* pour de bon à l'homme du commun, à quelqu'un, à l'autre homme. Pour cette raison, elle est simple.

La poésie est une « main tendue » – car il n'existe, rappelle Paul Celan (1920-1970) « aucune différence de principe entre une poignée de main et un poème[2] ». Toute œuvre est, en ce sens, « le lieu de rendez-vous que le poète donne aux autres hommes[3] ».

1. Antonin Artaud, *Œuvres*, Gallimard, Quarto, 2004, p. 1209.

2. Paul Celan, *Le Méridien et autres proses*, Paris, éd. du Seuil, 2002, p. 43 sq.

3. Pierre Reverdy, *Cette émotion appelée poésie*, Paris, Flammarion, 1974, p. 236.

Mais cela n'est pas sans résonances et conséquences. La poésie en s'adressant, en s'ouvrant à l'inconnu, se fait la parole la plus pauvre. On s'est, pour cette raison, chargé de la condamner comme vaine, comme occupation dérangée. « Parmi les choses sans valeur et sans aucune utilité qui s'énumèrent, la poésie est très certainement une des plus impressionnantes. Comment expliquer que ce soit précisément le filon que l'homme songe d'abord à exploiter aux premiers mouvements de son impétueuse jeunesse ?[1] » écrit Pierre Reverdy (1889-1960) qui nous rappelle que la poésie est seule à pouvoir nous faire passer d'un plan conventionnel où on ne respire plus au « plan réel de l'espace où circule l'air pur[2] ».

Pour en faire l'épreuve, pour avoir violemment besoin de respirer, le poète est un être toujours en danger. Et ce n'est pas une manière de parler. Songeons au destin de Villon, Hölderlin, Nerval, Baudelaire, Rimbaud, Artaud, Mandelstam, Zvétaieva, Celan… Une vie dans l'innommable du réel, dans son effroi soutenu est une singulière épreuve. Lorsque Ilana Shmueli, amie d'enfance de Paul Celan qu'elle retrouva en 1969, évoque la « maladie » du poète qui le conduisit à se suicider en se jetant du pont Mirabeau dans la Seine : « À mon sens, sa maladie, c'était de souffrir de la réalité. C'était une quête de vérité sans compromis, une façon lucide de dire non…[3] »

Être poète, c'est cesser de faire semblant. D'arrêter les conneries. De mettre la parole en faillite. De s'exposer nu à ce qui est.

Paul Valéry raconte qu'un soir qu'il devait changer de chemise pour aller dîner en ville, Degas le fit entrer dans sa chambre. « Il se mit tout nu devant moi et se revêtit,

1. Pierre Reverdy, *Flaques de verre*, Paris, Garnier-Flammarion, 1984, p. 24.

2. Pierre Reverdy, *Note éternelle du présent, Écrits sur l'art*, Paris, Flammarion, 1973, p. 14.

3. Paul Celan, Ilana Shmueli, *Correspondance*, trad. Bertrand Badiou, Paris, éd. du Seuil, 2006, p. 28.

sans la moindre gêne[1]. » Nudité qui n'a rien d'indécent mais qui est, au contraire, la pudeur la plus extrême. Degas montre à Valéry la nudité sans affaire : la poésie.

Se tourner vers elle, c'est exiger que le discours cesse. Qu'à la place du discours vienne la parole mariée à son propre secret et soucieuse de son silence. « Que tant de gens, écrit Paul Celan à Nelly, désertent la parole – leur propre parole tout aussi aisément que celle qui leur est donnée : cela fait partie des choses les plus difficiles de notre temps[2]. » Il suffit d'écouter la télévision ou la radio, d'écouter les professionnels de la parole, d'écouter les professeurs assurés dans leur médiocrité pour en être asphyxié. Il est si rare d'entendre quelqu'un parler pour de bon.

J'ai écrit ce livre pour tout ceux qui comme Paul Celan trouvent que cette masse de bavardage, ces fausses questions, ces sondages indécents, font partie « des choses les plus difficiles » à supporter.

Les gens parlent et rien ne se dit. La masse de l'irrespirable enfle et pèse. Les gens, c'est nous. Nous n'y arrivons pas. Nous nous trahissons. Et l'usage des discours, notre usage si souvent à faux, en est un signe poignant. Engoncés dans nos raisons, nous sommes tous bien trop intellectuels pour la poésie. Trop sentimentaux. Trop compliqués. Trop tordus. Trop peu innocents. Mallarmé répliqua un jour à Camille Mauclair qui venait d'affirmer qu'untel était un raté : mais des ratés, « nous le sommes tous, Mauclair. Que pouvons-nous être d'autre, puisque nous mesurons notre fini à un infini ? Nous mettons notre courte vie, nos faibles forces en balance avec un idéal qui par définition, ne saurait être atteint[3]. » Le poète marche sur le vertige d'une sincérité qui lui tombe dessus ; il s'y

1. Paul Valéry, *Degas Danse Dessin*, Paris, Gallimard, 1938, p. 34.

2. Nelly Sachs, Paul Celan, *Correspondance*, trad. Mireille Gansel, Paris, Belin, 1999, p. 44.

3. Camille Mauclair, *Mallarmé chez lui*, Paris, Bernard Grasset, 1935.

tient sur la pointe des pieds. Elle est en surcroît. Elle n'est jamais sienne.

L'hypocrisie obscène dont nous nous accommodons lui est insoutenable. Le poète n'a cependant aucun mérite – il ne peut simplement pas soutenir le mensonge – comme y insiste déjà, à l'aube de notre monde, Pindare : « J'ai eu l'occasion d'aborder maintes choses sans commettre un mensonge (*Néméennes I*, v. 23-26) », ou encore : « Non, de mensonge je ne teindrai ma parole : l'épreuve est vérité des mortels (*Olympiques IV*, v. 17-18) ». En ce sens, le poète est un héros. Il dit la vérité car il sait que « nous ne sommes pas au monde » (Rimbaud)[1]. Il s'avance donc, en enfant affairé à trouver sa langue. Une langue qui soit sienne et parle vraiment. Si pour nombre de gens, il n'y a là rien d'important, pour d'autres, rien, au contraire, n'est plus nécessaire. Rien.

En 1887, Stéphane Mallarmé, répondit à une enquête sur la poésie : « C'est un coup de poing dont on a la vue, un instant, éblouie ! que votre injonction brusque : – "Définissez la poésie." »

Je balbutie, meurtri : « La Poésie est l'expression, par le langage humain ramené à son rythme essentiel, du sens mystérieux des aspects de l'existence : elle doue ainsi d'authenticité notre séjour et constitue la seule tâche spirituelle[2]. »

Oui, chercher à définir la poésie est une brutalité et le poète ne peut que balbutier pour nommer l'espace même dont il vit, mais ces mots balbutiés nous montrent, cependant, à quelle absolue nécessité se situe la poésie reconnue.

---

1. Arthur Rimbaud, *Une saison en enfer* (1873), Délires I.

2. Stéphane Mallarmé, *Œuvres complètes*, t. II, Gallimard, Bibl. de la Pléiade, 2003, p. 657.

I
LA FIGURE TUTÉLAIRE D'ORPHÉE

« Avant Homère, quoi ? – Orphée. »
Stéphane Mallarmé [1]

« Ô toi, le large vent d'Orphée,
Tu t'en iras vers les contrées marines [2] ! »
Ossip Mandelstam

« Que mon Orphée, hautement anobli,
Malgré la Mort, tire son Eurydice
Hors des enfers de l'éternel oubli ! »
Maurice Scève (dizain 445)

1. Cité in Henri Mondor, *Vie de Mallarmé*, Paris, Gallimard, 1941, p. 683.
2. Ossip Mandelstam, *La Pierre* in *Tristia et autres poèmes*, trad. François Kérel, Paris, Gallimard, 1982, p. 39.

Tout poète est Orphée, car tout poète est le porteur de la parole originaire. Il la surprend. La tient à bout de bras, dans le risque le plus vif.

Orphée est le poète premier, celui qui, par son chant, charma non seulement les hommes et les animaux, mais aussi les cœurs de pierre et le cœur des pierres !

De cette étincelle soutenue, Orphée est l'origine de la poésie. L'origine, comme le souligne le philosophe Hadrien France-Lanord, loin d'être dépassée par ce qui la suit, est « toujours au-devant de nous, à venir, et dispense la primeur d'un nouveau jaillissement à chaque fois que nous allons à elle [1]. » Tout poète fait en ce sens jaillir, à neuf, l'origine et par là nous fait exister dans un vrai jour.

Les plus grands poètes du XXe siècle ont tendu leur regard vers Orphée, chacun à neuf. Rainer Maria Rilke (1875-1926), à un des moments les plus décisifs de sa vie, écrivit en ce sens :

> « Ô chant d'Orphée ! Ô grand arbre dressé dans l'oreille !
> Et tout se tut. Pourtant, au sein même de l'unanime silence
> S'accomplit un nouveau recommencement, signe et méta-
> [morphose [2]. »

---

1. Hadrien France-Lanord, *Paul Celan et Martin Heidegger, le sens d'un dialogue,* Paris, Fayard, 2004, p. 51.

2. Rainer Maria Rilke, *Les Sonnets à Orphée*, I. 1, trad. Jean-François Angelloz, Paris, Aubier, 1943, p. 143.

Quand cela chante, c'est, pour tout poète d'Occident, Orphée qui revit. Tout poète est Orphée miraculé.

Interrogeant ainsi son origine, la poésie se libère de la gangue sédimentée des conceptions qui ont été élaborées à son propos. Être poète, avant d'être marqué par les poètes qu'on a lus, avant d'être tenu par les idées sur ce que devrait être la poésie, c'est se mettre en rapport à l'appel de la poésie elle-même et entendre, d'une manière neuve, comme si elle venait d'éclore, sa demande.

J'ai écrit, avant ce présent ouvrage, *Comprendre l'art moderne*[1] où j'ai cherché à faire apparaître la révolution moderne qu'ouvrent Hölderlin, Baudelaire et Rimbaud, Cézanne et Kandinsky en notre monde – une révolution que nous avons, nous, la tâche de porter à sa plénitude.

Qu'est-ce que la modernité ?

Le mouvement qui a fait basculer, de manière radicale, le rapport à la règle. Les canons et les points de repère établis ne s'imposent plus : chaque homme, pour le pire comme pour le meilleur, a à inventer à neuf son *rapport* à la Loi. Non pas supprimer la Loi, mais questionner son rapport à elle et prendre la mesure de sa *relativité*. La modernité implique ainsi une compréhension extrême de la liberté – à laquelle notre époque n'est pas à la hauteur. Autrement dit, notre époque n'est pas à la hauteur de ce qui lui est donné, en propre, d'être. Elle n'est pas elle-même. Elle n'est pas moderne.

Depuis Hölderlin, dans une tension contre cette bêtise de notre temps, contre ce que notre temps a d'inhumain, la poésie montre un chemin. Et, fait insigne, ses chantres ont été au XXe siècle, tout particulièrement nombreux, extraordinaires, inouïs. Au cœur de la tragédie, les fleurs les plus étonnantes, les plus belles, les plus nécessaires

1. Fabrice Midal, *Comprendre l'art moderne,* Paris, éd. Pocket, 2010 – paru en 2007 sous le titre *Petit traité de la modernité dans l'art.*

ont éclos. Mais nous ne l'avons pas reconnu. Nous refusons la chance qu'est la modernité.

Je n'ai donc nullement le dessein de nier l'aventure moderne dans sa grandeur, dans son héroïsme, dans sa nécessité, mais mon propos ici est autre. Je voudrais mettre d'abord l'accent sur la continuité qui court dans le vif de la poésie, d'Homère à Rilke, de Pindare à Mallarmé, de Virgile à Allen Ginsberg – continuité qui se construit et se féconde dans la fidélité et l'infidélité à Orphée.

Marina Zvétaieva (1892-1941)[1] a formulé de manière saisissante cette unité de la poésie : « La poésie ne se morcelle ni chez les poètes ni en poète, elle est une dans toutes ses manifestations, elle est toute en chacun, de même que, à proprement parler, il n'y a pas de poètes, mais un poète, toujours le même, du commencement jusqu'à la fin du monde, une force qui revêt les couleurs du temps, des tribus, des pays, des langages, des visages donnés, elle s'écoule entre les rives qui le bordent comme un fleuve, sous tels cieux ou tels autres, sur tels fonds ou tels autres[2]. » C'est ce qu'a aussi souligné, pour sa part, Marcel Proust parlant du « visage de ce grand poète, qui, au fond, est un, depuis le commencement du monde, dont la vie [est] intermittente, mais aussi longue que celle de l'humanité[3] ».

Oui, il n'y a, en un sens éminent, qu'un seul poète. C'est lui que j'ai ici cherché à suivre, à écouter, à embras-

1. Le nom de Marina Ivanovna Zvétaieva (à l'exception des références bibliographiques) sera partout ici orthographié comme le fait Guislaine Limont, dans son édition, au Mercure de France, de *Mon frère féminin* (Paris, 1979). Marina Zvétaieva, qui a longtemps vécu en France, écrivait, elle-même son nom ainsi. Comme le souligne François Fédier (*Entendre Heidegger*, Le Grand Souffle, 2008, p. 212) : « Marina Zvétaieva voulait faire entendre l'attaque de son nom autrement que dans le sifflement du Ts. Elle lui préfère le fredonnement du Dz – que fait entendre chez nous la consonne Z. Zvétaieva savait le français. Elle joue de sa musique. Si vous prononcez son nom selon cette orthographe, vous l'entendrez sonner comme elle souhaite qu'il sonne. »

2. Marina Tsvetaeva, *Des poètes*, trad. Dimitri Sesemann, Paris, Des femmes, 1992, p. 15, sq.

3. Marcel Proust, *Contre Saint-Beuve*, Paris, Gallimard, 1971, p. 262.

ser, à saluer – à aimer. À aimer surtout. Car c'est cela et cela seul que demande la poésie. Elle le demande avec une intensité qui terrasse. Qui fait peur. Lire la poésie, c'est être sommé par cet événement qui est aussi une demande. Aimer.

Orphée en ses mythes

Pour dire ce qu'est la poésie, les poètes ont, plutôt que de poser des principes et des thèses, plutôt que de rédiger des traités et faire des discours, chanté l'histoire d'Orphée.

Lorsqu'on nous pose une question (« mais quel est l'important pour toi ? », « comment bien vivre ? », « qu'est-ce qu'une société juste ? ») nous n'avons plus l'idée de raconter une histoire. Nous avons tellement pris l'habitude d'opposer le mythe et la raison, le récit imaginaire à la vérité – en prenant le premier pour inférieur au second, que cette éventualité ne s'impose plus. Nous préférerons une définition ou égrener des idées diverses. Entendre le mythe c'est écouter la vérité – le *mûthos* signifiant à l'origine chez Homère ou Hésiode, la « parole dont le sens importe », nullement le récit fictif.

Un haut lignage

Dès les textes les plus anciens, Orphée est celui dont les chants ont un pouvoir d'attrait magique et profond. Il est le fils d'une muse, le plus souvent Calliope et son père est Œagre, roi thrace, dieu de la Vigne ou encore dieu-fleuve.

Pindare, cependant, mentionne pour sa part qu'il est le fils du dieu Apollon et que, donc, la poésie est d'origine divine. Personne ne l'a inventé. Loin d'être un état sophistiqué de la parole, la poésie en est, tout au contraire, l'état natif. Elle est sacrée. Comme s'en souvient Saint-John

Perse dans son « Discours de Stockholm » : « De l'exigence poétique, exigence spirituelle, sont nées les religions elles-mêmes, et par la grâce poétique, l'étincelle du divin vit à jamais dans le silex humain [1]. »

Orphée voyageur – l'expédition des Argonautes et la recherche épique de la toison d'or

> « Et le luthiste apollinaire, père des chants, survient, béni d'éloges, Orphée. »
>
> Pindare, *IV Pythique* (v. 313-315) [2]

Une des premières mentions d'Orphée apparaît dans le cycle consacré à la recherche de la toison d'or – tel que l'évoque la *Quatrième Pythique* de Pindare (env. 462 av. J.-C.), ou les *Argonautiques* d'Apollonios de Rhodes au IIIe siècle avant Jésus-Christ [3].

Formé par Chiron, le meilleur des Centaures, Jason réunit autour de lui l'élite des guerriers grecs pour aller chercher, aux confins de la Colchide, la toison d'un bélier fabuleux, gardé par un dragon. Le roi Pélias a promis qu'à cette condition, il lui rendrait son trône – convaincu que jamais Jason ne parviendra à ses fins.

Sur les conseils de Chiron, Jason convie Orphée à l'aventure et lui confie la tâche de déjouer les risques qui ne relèvent pas de la force physique ni de la violence guerrière.

Première victoire, Orphée permet au navire Argo qui refuse d'avancer, de prendre la mer en attirant les vagues

1. Saint-John Perse, *Œuvres complètes*, Paris, éd. Gallimard, Bibl. de la Pléiade, 1972, p. 444.

2. Pindare, *Œuvres complètes*, trad. Jean-Paul Savignac, La Différence, Paris, 1990.

3. Cf. Pierre Brunel, « Orphée et les Argonautes, in *Le Mythe d'Orphée au XIXe et au XXe siècle*, Revue de littérature comparée 292, octobre-décembre 1999.

jusqu'à sa conque. Il change ainsi la rebelle immobilité du navire en un mouvement rythmique et rapide. Telle est l'une des premières figures de la poésie : son rythme met en mouvement.

Ensuite, par son pouvoir magique, il protège les marins contre les tentatives de séduction des Sirènes. Il surpasse même en harmonie et en musicalité ces terribles créatures qui en s'appuyant sur les charmes de la pseudo-musique séduisent les hommes et imposent un monde sans poésie.

Quelles sont aujourd'hui nos sirènes qui, séduisant les hommes, par des effets d'esthétismes, les éloignent toujours plus dangereusement de la poésie – qui seul nourrit les êtres humains du souffle de la vie ?

Enfin Orphée sauve le navire en immobilisant les roches Symplégades qui se rejoignaient dans la mer, comme des mâchoires prêtes à le broyer. Orphée permet ainsi à Argos de franchir le Bosphore.

Son rôle ne s'achève pas là. Ses chants convainquent Hécate d'ouvrir à Jason les portes du bois sacré, réceptacle mystérieux de la toison et il réussit ensuite, par le même moyen, à endormir le dangereux dragon.

Orphée est aussi « chef de nage », celui qui donne la cadence et celui qui protège des dangers : « leurs têtes blondes [des marins] ceintes de la couronne cueillie sur le laurier proche de la mer auquel ils avaient attaché les amarres, ils chantaient un hymne, en se réglant sur la cithare d'Orphée en cadence[1]. » En encourageant les Argonautes au rythme parfait de son chant, Orphée leur permet d'avancer sans encombre. Il calme les flots comme ses compagnons lorsqu'ils se querellent.

---

1. Apollonios de Rhodes, *Argonautiques*, t. I, trad. Vian et Delage, Paris, éd. Les Belles Lettres, 2020, p. 184.

L'évocation d'Orphée, « chef de nage », nous rappelle que les hommes ne peuvent avancer sans quelqu'un qui garde le rythme du monde, nous le rende audible et nous accorde à lui.

Mais plus encore, le poète ouvre un monde où un ordre, même précaire, surgit et nous tient – « comme s'il y avait tout de même, et en dépit de tout ce qui de plus en plus semble aller contre, hors de nous, ou dans la relation entre nous et le monde quelque chose qui autrefois pouvait être considéré comme un ordre général, une harmonie, et qui maintenant nous sommes de plus en plus douteux… et dont la poésie ne serait finalement que la traduction », pour reprendre la remarque de Philippe Jaccottet[1].

Orphée, inventeur de la lyre à neuf cordes

La lyre d'Orphée est l'objet de nombreuses légendes. Elle serait faite dans une tortue qui, dans un singulier paradoxe, est muette lorsqu'elle vit alors qu'une fois morte, elle chante. Cette lyre, il est dit aussi qu'Orphée la reçoit d'Apollon ou d'Hermès, à laquelle il ajoute deux cordes aux sept déjà existantes.

Les accords qu'en tire Orphée sont si mélodieux que les bêtes féroces accourent à ses pieds déposer leur férocité ; les fleuves suspendent leur cours et les arbres forment des chœurs de danse. Comme le souligne Euripide dans *Les Bacchantes* (560-564), Orphée « attire par son chant les arbres et les bêtes » et meut tout ce qui est. Cet aspect est tout particulièrement évoqué dans le monde romain où l'on voit de nombreuses mosaïques représentant Orphée entouré d'animaux sauvages pacifiés par son art.

Sa langue, ainsi modulée, rétablit l'ordre primordial. Comme l'écrit Jean-Paul Savignac, elle est « la prière efficace adressée au ciel qui fait pleuvoir, [non un] élégant

1. Philippe Jaccottet, *De la poésie*, Paris, Arléa, 2007, p. 32, sq.

bavardage. Le verbe qui frappe, force, heurte, berce, transporte, incendie, l'incantation primitive et raffinée, [la] parole en mouvement qui vient du monde et va vers lui [1]. »

En en ayant la garde, Orphée accomplit le rêve de tout poète : trouver, pour reprendre la parole de Rimbaud, une langue qui puisse enfin parler à tous. Parler aux animaux. Aux choses. Au vent. Tel est le sens du *Bestiaire ou Le cortège d'Orphée* où Apollinaire décrit ces animaux, fauves et insectes minuscules qu'Orphée fait surgir et avec lesquels il s'identifie. Tel est peut être ultimement le geste du poète… devenir chaque être comme en témoigne ce court poème :

« Regardez cette troupe infecte
Aux mille pattes, au cent yeux :
Rotifères, cirons, insectes
Et microbes plus merveilleux
Que les sept merveilles du monde
Et le palais de Rosemonde ! »

Orphée, héros civilisateur qui charme la nature

Après son long voyage à bord de l'Argo, de retour en Thrace, Orphée s'enferme un temps dans une grotte. Quand il en sort, le monde tout entier reçoit avec respect les révélations du chantre sacré. Les monts inclinent leurs sommets pour l'entendre, les feuilles des arbres gémissent en cadence. Orphée est l'être qui restitue ce qui est là, proche de nous, mais que nous méconnaissons. Il abolit ainsi, poétiquement, l'oubli des hommes. Il fait chanter le monde.

Orphée est une figure de la civilisation face à la barbarie, le représentant de l'harmonie face à la discorde. Les guerriers thraces et les satyres s'arrêtent, mains sur

1. Jean-Paul Savignac, *Le Mythe antique, pourpre et ors*, Paris, éd. de La Différence, 2008, p. 13.

l'épaule pour l'écouter. Même les plus farouches abandonnent toute activité guerrière tandis que les satyres, mi-hommes mi-animaux, pris au charme, s'immobilisent devant lui.

Fénelon, au XVIIe siècle, dans son *Projet de poétique*, revient sur ce rôle : « La Poésie a donné au monde les premières lois. C'est elle qui a adouci les hommes farouches et sauvages, qui les a rassemblés des forêts où ils étaient épars et errants, qui les a policés, qui a réglé les mœurs, qui a formé les familles et les nations, qui a fait sentir les douceurs de la société, qui a rappelé l'usage de la raison… » Cette responsabilité de la poésie, gardienne de la civilisation, ne va plus aujourd'hui de soi, et nous semble même surprenante. La poésie est le plus souvent, pour nous, l'expression du sentiment ou un jeu de langage, et non ce qui institue l'humanité dans sa grandeur et sa dignité. Et pourtant nombre de poètes tout particulièrement à l'âge moderne – tel René Char rédigeant *Feuillet d'Hypnos* – sont les héritiers de cette perspective.

Orphée amant – à la recherche d'Eurydice

L'épisode le plus connu aujourd'hui de la vie d'Orphée est son amour pour Eurydice qui le conduisit dans les enfers.

Jeune épouse d'Orphée, la nymphe Eurydice, fuyant Aristée, un homme trop avenant, est mordue, le jour même des noces, au talon par un serpent et meurt. Orphée, éploré de chagrin, décide de descendre aux Enfers et de « charmer » les divinités souterraines pour que sa bien-aimée lui soit rendue. Il réussit d'abord à faire que le chien à la triple tête, Cerbère, chargé d'interdire l'entrée aux vivants et la sortie aux défunts, le laisse passer. Puis il parvient à attendrir les maîtres des lieux, en leur rappelant leur propre aventure – alors que Perséphone cueillait des fleurs dans la prairie, Hadès l'avait enlevée. Orphée réussit ainsi à pénétrer dans les enfers et à en sortir avec sa bien-aimée par l'irrésistible action de sa parole et de son chant.

Voici le récit qu'en donne Diodore de Sicile au Ier siècle av. J.-C. :

« C'était le fils d'Œagre donc par la naissance un Thrace, mais qui, par la formation, le chant lyrique et la poésie, dépassait de beaucoup ceux dont on garde le souvenir. De fait, il a composé un poème d'une harmonie lyrique dont la supériorité émerveillait au moment où il était chanté. Sa gloire grandit tellement qu'il eut la réputation d'envoûter de son chant lyrique aussi bien les bêtes sauvages que les arbres. Après avoir consacré tout son temps à sa formation et avoir appris les mythes traitant des dieux, il fit un voyage en Égypte et là il apprit encore beaucoup et devint le plus grand des Grecs dans les domaines théologique, initiatique, poétique et lyrique. D'autre part, il participa aussi à l'expédition des Argonautes et, par amour pour sa femme, il eut l'audace extraordinaire de descendre chez Hadès et, au moyen de l'harmonie de son lyrisme, il parvint à se concilier l'âme de Perséphone, qu'il persuada de seconder ses désirs et de consentir qu'il ramenât sa femme, malgré son décès [1]. »

Selon une autre lecture, romaine, Orphée obtient que lui soit rendue celle que la mort lui a ravie *à la condition* de ne point se retourner vers elle avant de l'avoir ramenée à la lumière du jour. Magnifique parole mythique d'une profondeur qui n'a plus cessé de travailler les poètes d'Occident.

Deux principaux témoignages nous racontent ce moment, Virgile (70 av. J.-C.-19 av. J.-C.) et Ovide (43 av. J.-C.-17 ap. J.-C.) :

1. In *Les Visages d'Orphée*, Villeneuve d'Ascq, Presses universitaires du Septentrion, 1998, p. 81.

« Déjà, revenant sur ses pas, Orphée avait échappé à tous les hasards ; Eurydice lui était rendue et remontait vers les airs en marchant derrière lui, quand un égarement soudain s'empara de l'imprudent amant, égarement bien pardonnable, si les Mânes savaient pardonner ! Il s'arrêta et au moment où ils atteignaient déjà la lumière, oubliant tout, hélas ! et vaincu dans son cœur, il se retourna pour regarder son Eurydice. Aussitôt s'évanouit le résultat de tous ses efforts, le pacte conclu avec le tyran cruel fut rompu, et par trois fois un bruit éclatant monta des marais de l'Averne. Alors : “Quelle est, dit-elle, cette folie qui m'a perdue, malheureuse que je suis, et qui t'a perdu, Orphée ? quelle folie ? voici que pour la seconde fois les destins cruels me rappellent en arrière que mes yeux se ferment, noyés dans le sommeil. Et maintenant, adieu ! Je suis emportée dans la nuit immense qui m'entoure et je tends vers toi des mains impuissantes, hélas ! je ne suis plus à toi.” [1] »

Ovide suit de près le récit de son devancier, mais là où Virgile explique l'acte d'Orphée par un acte de folie, il le comprend comme le souci plein d'amour de vérifier la véracité de la promesse des dieux :

« Ils s'acheminent, à travers un silence que ne trouble nulle voix, par les pentes d'un sentier abrupt, obscur, noyé dans un épais brouillard, de fouler la surface de la terre ; Orphée tremblant qu'Eurydice ne disparût et avide de la contempler, tourna, entraîné par l'amour, les yeux vers elle ; aussitôt elle recula, et la malheureuse, tendant les bras, s'efforçant d'être retenue par lui, de le retenir, ne saisit que l'air inconsistant [2]. »

Orphée ne descend pas aux enfers pour y acquérir un savoir ou pour s'emparer du secret de l'immortalité,

1. Virgile, *Georgiques*, IV, 485-498, (trad. E. de Saint-Denis).
2. Ovide, *Métamorphoses*, X, 62, sq. (trad. J. Chamonard).

comme c'est le cas par exemple de Gilgamesh. Il répond à l'impératif de l'amour qui ne peut acquiescer à la mort de l'aimée. La poésie n'est pas une quête gnostique mais l'épreuve soutenue de l'amour le plus extrême, le plus ultime mais aussi le plus concret. Plus important que l'anecdote, que la magnifique sonorité du nom d'Eurydice, à lui seul tout un monde, ce qui importe au premier chef est le rôle de la Dame qui pousse l'homme à l'impossible, l'éveille, lui fait traverser les enfers. C'est elle que chantèrent les troubadours et que l'on retrouve aussi bien chez Gérard de Nerval que chez André Breton, et qui est, en vérité, le mystère même de la poésie.

Si significatif et émouvant que soit cet épisode, il est important cependant de se rappeler que la faute commise par Orphée, et le châtiment de sa curiosité, est une adjonction romaine, de tendance péjorative – même si elle a pris, par la suite un sens poétique profond [1].

Le monde romain, moins sensible à la présence entièrement foisonnante du divin, met d'abord l'accent sur l'Orphée amoureux dont la ferveur lui permet de traverser la mort. Sa rencontre avec Eurydice apparaît pour la première fois dans la céramique italiote et nous est racontée d'abord, dans son aspect tragique au livre IV des *Géorgiques* de Virgile – même s'il est fait allusion à Orphée amoureux dans le *Banquet* de Platon et dans l'Alceste d'Euripide [2]. Est-ce parce que l'unité d'Orphée n'est plus évidente et doit en passer par un dédoublement d'Orphée en Orphée et Eurydice ? Est-il alors nécessaire que la parole étant perdue sa quête s'intensifie et se figure, au point même de venir au premier plan ?

1. Jacques Heurgon, « Orphée et Eurydice avant Virgile » in *Mélanges d'archéologie et d'histoire*, XLIX (1932).

2. « Ah si la voix mélodieuse d'Orphée m'était donnée pour enchanter de mes accents la fille de Déméter ou son époux » (Paris, Belles Lettres, 1961, trad. Méridier, v. 357-362).

Nous passons alors d'un Orphée, plénitude du chant – dont Pindare nous offre un des sommets –, à un Orphée engagé dans une quête à jamais irréalisable. Ce passage n'est-il pas celui d'un ordre où tout s'accorde à celui d'une tension sous le signe du désir et de la perte ?

Le poète devient l'éternel amoureux à la recherche d'Eurydice, de Lesbia (pour Catulle), de Béatrice (pour Dante), de Delie (pour Maurice Scève), de Laure (pour Pétrarque) ou de Flossie (pour Carlos Williams). L'unité première s'est déchirée... Le poète ne peut l'appréhender qu'au travers des divers visages qu'il lui substitue.

Se tressent alors ensemble l'amour et la mort, la traversée de l'un et l'autre, de l'un par l'autre – qui témoigne de la mesure propre à l'effraction poétique qui œuvre même au plus terrible de la nuit, quand la parole est rendue impossible. Il nous appartient – telle est la dimension orphique – que le silence des morts vienne se briser en notre voix qui le délivre et le transfigure en chant.

Orphée mourant et démembré

Après la perte d'Eurydice, Orphée reste seul et malheureux. Il est alors mis à mort. Son corps est déchiré par les femmes thraces.

Sa voix, qui avait pu sauver ses compagnons lors du voyage des Argonautes vers la Colchide, ne parvient pas à rivaliser avec les cris des femmes, et il trouve la mort parce que sa voix, cette fois, ne peut lui venir en aide, arrêter les coups, appeler à l'aide les animaux et les arbres de la forêt qu'il savait pourtant charmer. Sur les plus anciens vases grecs, on le voit ainsi se défendre en levant la lyre qu'il lève au-dessus de sa tête. Et tel est l'un des visages les plus frappants d'Orphée pour les anciens : le poète mis à mort par les femmes thraces.

Les causes de cet homicide varient selon les auteurs.

Pour certains, la musique et la poésie, l'espace même de la civilisation toujours menacé, est mis à mort par la barbarie représentée ici par les femmes thraces. Plutarque indique, en ce sens, que pour punir les criminelles d'avoir tué Orphée, les Thraces les tatouèrent, en signe d'infamie – révélant bien qu'il s'agit là d'un acte que rien ne justifie. D'autres auteurs prétendent même que les dieux, furieux de cet assassinat, allaient tuer toutes ces criminelles, quand Dionysos les changea en chênes et les enracina.

Le poète est toujours menacé d'une mise à mort par les forces dominantes, qui tiennent pour rien le chant et l'espace du poème.

À partir d'Eschyle, les femmes sont assimilées aux Ménades que Dionysos envoie pour mettre en pièces le poète, contrarié du manque de respect qu'aurait manifesté le poète à son égard. Prêtre de Dionysos, Orphée l'aurait abandonné pour se consacrer à Apollon. Mais cette version n'est corroborée par aucune représentation plastique : jamais Dionysos et Orphée ne s'y trouvent associés.

Pour certains auteurs, dont Phanoclès (IIIe siècle av. J.-C.), la cause de ce drame est la jalousie des femmes : « une épouvantable nymphomanie souffle la rage et la soif du sang dans l'âme des lascives habitantes de l'Hémus : "Orphée, nous méprise !" voilà leur cri de ralliement[1]. » Orphée refusa de dévoiler les mystères du monde qu'il connaissait. Pour d'autres, c'est son amour trop exclusif pour Eurydice qui déclencha cette violence. Pour d'autres encore, Orphée n'aimait que les hommes – ce qui provoqua la haine des femmes barbares. Orphée est alors considéré comme celui qui enseigna l'amour des garçons. Ce n'est pas alors Eurydice qu'il aima, mais le jeune Calaïs,

1. *Biographie universelle ancienne et moderne*, Partie mythologique, tome 55, Paris, L.-G. Michaud, 1833, p. 227.

fils ailé de Borée, le vent du Nord et qui fut son compagnon sur l'Argos. Orphée est ici le poète qui conduit les hommes à quitter l'ordre de la nature pour le règne de la liberté. Le film de Jacques Demy consacré à Orphée, *Parking*, témoigne de cet aspect du mythe.

Mais plus important que de comprendre les raisons – si diverses – de la mise à mort du poète, l'important est le phénomène : le poète est mis à mort par les Ménades, c'est-à-dire la sauvagerie qui, partout, cherche à s'imposer.

La tête coupée et la lyre céleste

Orphée qui n'a pas su vaincre la mort alors qu'elle s'emparait d'Eurydice, réussit cependant à vaincre la sienne. Décapitée, sa tête continue de chanter.

Selon certaines versions, sa tête parvient à Lesbos, berceau de la poésie lyrique et patrie d'Alcée et de Sappho, où elle est transportée dans un sanctuaire consacré à Dionysos. Là, elle émet des oracles. Orphée devient ainsi le prêtre et prophète d'une religion à mystères.

Selon une autre version, la tête étant arrivée sur une plage, un grand serpent s'avança pour la dévorer, mais Apollon le changea aussitôt en pierre. La tête fut alors placée dans une grotte sacrée où elle fit longtemps des prophéties.

Chez Virgile, l'invention amoureuse conduit le poète à décrire comment la langue glacée de la tête isolée d'Orphée continue d'appeler Eurydice dans une parfaite fidélité amoureuse : « Alors même que sa tête arrachée de son cou marmoréen roulait au milieu des tourbillons, emportée par l'Hèbre Œagrien, d'elle-même sa malheureuse langue glacée appelait encore Eurydice ; “Ah, Malheureuse Eurydice !” appelait-il encore, expirant ; “Eurydice !” répétait, tout le long du fleuve, l'écho de ses rives » (*Les Géorgiques* IV, 523, 527).

À la fin du XIXe siècle, ce thème de la tête coupée et vivante d'Orphée est souvent représenté et tout particulièrement dans les œuvres de Gustave Moreau et d'Odilon Redon. La tête du poète demeure dans l'eau, sans en être meurtrie. Parfaitement préservée, des jeunes filles l'accueillent pieusement – qui sont chez Hygin (67 av. J.-C.-17 apr. J.-C.) présentées comme les Muses.

Ainsi, réduit à presque rien, tête coupée et abandonnée des hommes, la tête d'Orphée continue à dire l'immensité du chant. Le chant est toujours possible… en dépit de la violence du monde.

Gustave Moreau témoigne de la désolation la plus profonde du silence qui ronge l'espace du poème : « Le chantre sacré se tait. La grande voix des Êtres et des choses est éteinte. La lyre délaissée est suspendue aux branches gémissantes et douloureuses. L'âme est maintenant seule. Elle a perdu tout ce qui était sa splendeur, sa force et sa douceur[1]. » Le XIXe siècle a fait l'épreuve de l'effondrement de la poésie dont témoigne l'écrivain russe Nikolaï Leskov : « Tout est devenu indifférent au sort des humains où aucune voix, d'où qu'elle vienne, ne leur parle plus ni ne répond plus à leurs désirs[2]. »

Quant à la lyre – « le luth constellé » évoqué par Gérard de Nerval, à la demande d'Apollon et des Muses, elle est projetée dans les cieux, où elle peut encore de nos jours être vue, sous la forme d'une constellation. La mort physique du poète est ainsi transcendée par le règne de la poésie dont l'éclat ne cesse pas d'éclairer les hommes, et ce, même dans la nuit obscure. L'harmonie l'emporte sur l'angoisse reconnue.

---

1. Cité in E. Stead « Du silence d'Orphée aux voix des Ménades », Revue de Littérature comparée, 73, N° 4, 1999, p. 591. Cf. aussi Victor Segalen, *Gustave Moreau, maître imagier de l'orphisme*, Fata Morgana, 2002.

2. « L'Alexandrite », cité in Walter Benjamin, *Le Narrateur*, Paris, Seuil, 1987, p. 63.

En tous ces épisodes de l'épopée d'Orphée se dit la vérité de la poésie, en ce qu'elle est et en ce qu'elle demande, en ce qu'elle offre et en ce qu'elle conjure. Il n'existe pas de récit unitaire mais un ensemble d'énoncés, d'allusions et d'événements composites dont aucun n'est plus authentique qu'un autre.

En ce sens le mythe d'Orphée est vivant et porteur de lectures toujours nouvelles. Chaque poète est capable d'établir sa version du mythe – qui loin d'être une création arbitraire ou personnelle en est l'épreuve vivante et véridique [1]. Ici, nos mesures historiques sont sans saisons. L'entente d'Orphée de Rilke n'est pas moins vraie et originaire que celle de Pindare. Revivre ce mythe, c'est tout autant en suivre les figures que les reconstituer.

---

1. Jean-Paul Savignac, *Le Mythe antique, pourpre et ors*, Paris, La Différence, 2008, p. 166.

II
L'INSPIRATION ET LE POÈTE PROPHÈTE

« Puissé-je être trouve-mot pour m'avancer
à souhait sur le char des Muses. »

Pindare, IX Olympique, v. 80

« Se charger à l'extrême comme le Tonnerre –
Et puis – alors que toute chose
Se terre – éclater grandiose
Voilà – qui serait Poésie –[1] »

Emily Dickinson

1. Emily Dickinson, *Escarmouches*, trad. Charlotte Melançon, Paris, Orphée/La Différence, 1992, (1247), p. 15.

L'inspiration

Considérer la poésie comme appartenant à la littérature et l'aborder par les méthodes de l'histoire littéraire, voilà qui l'offense. La poésie n'est pas un « genre » parmi d'autres. Elle est l'ouverture à la fois concrète et symbolique d'un monde, dans lequel exister, penser et agir trouvent leur dimension la plus entière et la plus parlante.

Toute humanité l'a su. Toute humanité a reposé sur la parole des poètes, seuls à même de nommer l'origine. L'homme est en effet cet être qui ne cesse d'avoir besoin de savoir d'où il vient, de savoir où il est, de se situer – de se nommer.

La question de l'enfant – « comment suis-je né ? » – ne porte pas sur la biologie, comme le pensent parfois les parents embarrassés, mais sur la poésie, sur ce qui donne sens à l'existence. La poésie devance, de ce fait, la prose comme tout écrit. Elle les a devancés historiquement et les devance encore – existentiellement – parce que l'homme est l'être noué à une origine indécidable. La poésie en rappelant cette origine qui nous tient, nous conduit au centre où nous demeurons et nous permet ainsi de devenir un être humain. Être poète, c'est donc être conduit à nommer un centre toujours insaisissable que Guillevic (1907-1997) évoque :

> « Le centre
> Est comme un chant

Qui lui-même
S'entendrait[1] »

Lui-même – car nous, nous sommes toujours en exil de lui. Nous ne le possédons pas. Nous sommes seulement à son écoute. Mais être traversé par cet appel accordé parfois d'un signe, d'un battement de cil, c'est soutenir aussitôt notre propre décentrement, notre propre manque.

La parole poétique vit de son échec au point d'en être la nomination soutenue, là où la philosophie et les sciences, l'économie et la politique, comme tous discours, montrent leur puissance, leur savoir, leur capacité à dire et saisir ce qui est. La poésie, seule, sait l'impossible qui la constitue. Qui nous constitue. Elle sait que la réalité s'échappe. Elle est travaillée par la mort. Elle en fait l'épreuve.

Aussi la poésie ne se veut pas. Elle ne se construit pas. Elle naît d'une inspiration dont elle a la garde, comme le souligne Gerard Manley Hopkins (1844-1889) :

> « Le feu si doux, père de muse, tel est mon manque ;
> Il me faut l'unique flamme d'une inspiration[2]. »

L'inspiration, ainsi que le note René Guy Cadou (1920-1951), « est la contre-intelligence du poète, l'agent secret[3] ». Elle lui montre qu'il est appelé de plus loin que de sa volonté propre. C'est d'elle « que souffle, écrit Vélimir Khlebnikov (1885-1922), le vent envoyé par les dieux du mot[4] ».

1. Guillevic, *Du domaine*, Paris, Gallimard, 1977, p. 18.
2. Gerard Manley Hopkins, *De l'origine de la beauté* suivi de *Poèmes et Écrits*, trad. Jean-Pierre Audigier et René Gallet, Chamberry, éd. Comp'act, 1989, p. 119.
3. René Guy Cadou, « Usage interne », in *Poésie la vie entière, œuvres poétiques complètes*, Paris, Seghers, 1978, p. 386.
4. Khlebnikov cité in R. Jakobson, *Huit questions de poétique*, Paris, Seuil, 1977, p. 12.

L'épisode poétique d'inspiration le plus saisissant de notre temps est l'aventure de la rédaction des *Élégies de Duino* par Rainer Maria Rilke. Durant l'hiver 1911-1912, Rilke habite le château de Duino, mis à sa disposition par le prince et la princesse de Tour et Taxis. La princesse, qui avait reçu une éducation de tout premier plan au point par exemple de pouvoir réciter par cœur des pages de Dante et de Pétrarque, fut un mécène et une amie pour celui qu'elle surnomma « Docteur Séraphico ». Ce château, que les obus devaient détruire pendant la guerre de 1914-1918, était perché dans les rochers, à l'extrémité d'une petite presqu'île qui dominait l'Adriatique. Selon la tradition, le château aurait hébergé Dante, exilé de Florence. Rilke a alors trente-cinq ans. Il a rédigé *Les Cahiers de Malte Laurids Brigge* et ne sait s'il lui sera donné d'écrire un autre livre. Il est dans une grande période de sécheresse caractérisée par une instabilité profonde qui le conduit à déménager sans cesse. Un jour de janvier 1912, Rilke reçoit une lettre d'affaires assez ennuyeuse et, pour réfléchir à la manière d'y répondre, il sort. Le vent souffle avec violence et le soleil illumine une mer bleue tendue d'argent. Rilke se promène sur la falaise, quand soudain il s'arrête. Il lui semble que, dans le fracas du vent, une voix lui dicte ces paroles : « Qui, si je criais, m'entendrait donc, d'entre les ordres des anges[1] ? » Il les note aussitôt ainsi que quelques autres qui se forment pareillement sans aucune intervention de sa part. Un souffle profond le saisit. Il rédige ainsi, comme sous la dictée, la première Élégie, recevant des bribes des autres, sachant par exemple quel passage prendrait place dans la dernière et dixième *Élégie*. Il sent qu'il a commencé son grand œuvre.

1. Rainer Maria Rilke, *Les Élégies de Duino*, trad. Philippe Jaccottet, Dogana, Genève, 2008, p. 9.

Mais la grande guerre survient qui interrompt « ce travail, mon plus grand travail [1] ». Il a pu écrire la troisième Élégie à la fin de l'automne 1913 à Paris, la quatrième à la fin de 1915 à Munich, mais depuis, rien ne vient.

La catastrophe de la Première Guerre mondiale a brisé en lui toute possibilité d'écrire. Son désespoir est si grand qu'il pense même publier le texte en l'état – ce qui aurait été la reconnaissance de l'échec de sa vocation. La princesse de Tour et Taxis en témoigne : « Il m'avoua, hésitant d'abord, puis avec une conviction douloureuse, passionnément croissante, qu'il craignait que cette œuvre-ci, il ne pourrait plus jamais la terminer. Il me dit alors qu'il se sentait presque décidé – d'autant que son éditeur attendait depuis si longtemps – à faire imprimer les *Élégies* telles qu'elles étaient, avec les quelques fragments qui avaient suivi.

Je poussai un cri ! Oh ! Séraphico, pour l'amour de Dieu, ne faites pas cela, sous aucun prétexte... *Les Élégies* doivent êtres terminées, elles le seront, je vous le jure ! Attendez encore, attendez ! Je sais, je suis sûre qu'elles viendront... [2] »

En février 1922, il trouve, après des années d'errance, abri dans le vieux château de Muzot, en Suisse, sorte de vaste tour du XIIe siècle faite de cellules austères et ayant l'aspect d'une forteresse. Et un jour, sans qu'il l'ait décidé, l'inspiration le frappe à nouveau. Comme il l'écrit dans une lettre à Lou Andréas-Salomé : « Tout ceci, en peu de jours, c'était un ouragan indicible, une tempête dans l'esprit comme jadis à Duino, tout ce qui est fibre en moi a craqué ; de manger il ne fut jamais question. Dieu sait qui m'a nourri. Mais maintenant cela est. Est. Amen. J'ai

1. Rainer Maria Rilke, « Lettre à Witold von Hulewicz », *Œuvres III*, *Correspondance*, trad. Jaccottet, Paris, éd. du Seuil, 1976, p. 588.

2. Princesse de Tour et Taxis, *Souvenirs sur Rainer Maria Rilke*, trad. Maurice Betz, éd. Émile-Paul Frères, Paris, 1936, p. 190.

donc tenu jusque-là à travers tout. À travers tout. Et c'est bien ce qu'il fallait. Rien que cela. » Les années d'angoisses et de douleurs dans l'attente de l'inspiration poétique trouvaient ainsi leur fin. *Les Élégies*, l'un des poèmes les plus fulgurants de l'histoire de l'Occident, furent ainsi achevées.

Rilke a traversé des années, attentif à préserver la venue d'une inspiration qu'il ne pouvait pas créer de lui-même : « se tenir prêt, en état d'esprit pur, et préparé à recevoir ces voix impérieuses, était pour lui le devoir suprême[1]. » Son travail intérieur était constant mais souterrain, inapparent. L'inspiration vient certes comme un pur don, mais elle ne vient pas sans que le poète s'y soit préparé et puisse l'entendre.

Ce phénomène dont a témoigné Rilke n'est pas unique. La manière dont Alexandre Blok (1880-1921) écrivit son chef-d'œuvre *Les Douze* est elle aussi surprenante. Alors qu'il était un poète célèbre, enfant chéri des symbolistes russes qui voyaient en lui un poète un peu éthéré, chantre de la *Belle Dame* (1901), il rédigea, sous le coup d'une inspiration brûlante, un des grands poèmes modernes. Une légende veut que du 8 au 28 janvier 1918, la fenêtre de Blok soit restée éclairée toute la nuit ; et tous allaient répétant : « Le poète travaille. » Dans une note, rédigée en avril 1920, revenant sur ces jours singuliers, Blok raconte : « Tout le temps que j'écrivis ce poème, et plusieurs jours après, je ressentis physiquement, par l'ouïe, un grand bruit environnant, un bruit mêlé, sans doute le bruit de l'écroulement de l'ancien monde. » Comme le souligna Tchoukovsky : « Après avoir écrit *Les Douze*, Blok essaya de voir clair en son œuvre… Il écoutait avec acuité ce qu'on en disait autour de lui : comme s'il attendait quelqu'un qui pût enfin lui expliquer le sens de ce poème qui ne lui était

1. Lou Albert-Lasard, *Une image de Rilke*, Paris, Mercure de France, 1953, p. 45.

pas complètement compréhensible ! comme s'il n'eût pas été responsable de sa création ! comme s'il n'eût fait que transcrire sous la dictée d'un autre. » Or, c'est bien de cela dont il s'agit, et nombre de poètes en témoignent. Et à ceux qui s'étonnèrent qu'il n'écrivit ensuite plus rien, Blok répondait : « Tous les bruits se sont tus. Comment n'entendez-vous pas que tous les bruits se sont tus[1] ? »

Nous pensons spontanément que la seule possibilité qui soit, dans des situations difficiles, est de faire quelque chose pour les changer ou à l'inverse de ne rien faire et de se consacrer à autre chose. Rilke, lui, ménage l'attente d'un inconnu de tout son être espéré :

« À travers nos cœurs, que nous tenons ouverts,
passe le dieu, des ailes à ses pieds.
Lui, qui s'empare des poètes, sais-tu[2] ? »

L'inspiration n'est pas une figure aimable dépassée, une façon antique de parler mais une description d'un phénomène surprenant mais considérable qui dit la vérité de la poésie – qui naît de ce souffle venu d'on ne sait où et que Rilke, à la suite de tous les poètes d'Occident depuis Pindare, reconnaît comme la venue en présence du dieu. Un dieu est venu pour Rilke comme pour Blok.

1. Cité in Armand Robin, *Quatre poètes russes*, Cognac, Le temps qu'il fait, 1985.
2. Rainer Maria Rilke, cité in Lou Albert-Lasard, *Une image de Rilke*, Paris, Mercure de France, 1953, p. 81.

Les Muses et la musique

« Ô mon ami ! ô Muse dans le vent de la mer !
[ô idée chevelue à la proue ! »
Paul Claudel, *Cinq Grandes Odes*

La vérité poétique n'est pas le fruit d'une « réflexion », d'une construction, elle saisit l'homme, voire même l'ébranle. Voilà, ce qui conduit Marina Zvétaieva à affirmer : « C'est bien pour cela que chacun de nous, après avoir terminé dit : "Comme cela a merveilleusement réussi !" et jamais : "Comme je l'ai merveilleusement réussi !" Ce n'est pas merveilleusement réussi, c'est réussi par miracle, c'est toujours un miracle, c'est toujours une grâce[1]. » Difficile de mieux signifier que la vérité du poème ne devient manifeste à l'homme non à la suite de ses efforts ou de son investigation.

Les Grecs ont vu en ce phénomène comme l'avènement des Muses. Pour comprendre ce que sont les Muses, il est indispensable de lever quelques confusions à propos des Grecs.

Les Grecs, ne sont pas d'abord, comme il est devenu

1. Marina Tsvetaeva, *L'Art à la lumière de la conscience*, rad. V. Lossky, Cognac, Le temps qu'il fait, 1987, p. 78.

l'usage de le dire, les inventeurs de la pensée raisonnée, rationnelle, l'irruption de la lumière apparue pour la première fois dans un monde encore confus et obscur. Ce ne sont là que des clichés. Qu'ils soient répétés par les universitaires les plus connus, les académiciens les plus respectés, ne doit pas nous ébranler. Ce sont, comme le dit Artaud, des « conneries ». En vérité, le monde grec ne nous apprend nullement « à penser, à réfléchir, à être précis, à peser les termes de son discours, à échanger les concepts, à écouter l'autre ». Si je rappelle ces fadaises, c'est qu'elles suturent le discours actuel de nombre d'« hellénistes », nous empêchant de comprendre aussi bien notre provenance grecque que sa résonnance dans notre présent.

Ce peuple a su que la vérité se révèle comme *un avènement à l'intérieur du divin* – ce que nos catégories du rationnel et de l'irrationnel ne sont en aucune façon à même de saisir. Il y a là un événement unique dans l'histoire de l'humanité qu'il nous faut faire l'effort de comprendre pour que se dégage la singularité de la poésie, cette écriture unique, à l'écart de tous types courants et connus de discours. Les Grecs ont su reconnaître la parole comme venue en présence du dieu !

Cette présence est inaudible si elle est considérée à partir de nos catégories religieuses. Pour les Grecs, les dieux ne sont pas des divinités en qui il faudrait croire ou auxquelles on devrait rendre un culte mais d'abord et avant tout la présence d'un monde dans l'extrême splendeur de son rayonnement. Les dieux ne sont pas transcendants à notre monde, mais en sont le visage tangible.

Walter F. Otto, l'un des guides sûrs pour qui veut comprendre quelque chose au monde grec, insiste sur ce point : rien n'est plus égarant, nous explique-t-il, que de restreindre la lumière du divin à une suite de liste de dieux que la mythologie a dressée, sans rien comprendre de l'expérience à laquelle il renvoie. Apollon n'est pas un dieu limité à une fonction particulière, mais l'inapprochable dont le trait apporte de loin douceur ou amertume à ceux qu'il protège ou qu'il pourchasse.

Loin d'avoir un Moïse ou un Zarathoustra qui établissent une révélation, les Grecs ont reçu une *nouvelle* divine comme aucun peuple n'en a reçu : « Elle ne parlait pas de la grandeur majestueuse d'un Créateur du monde, d'un Législateur, d'un Sauveur, mais au contraire de ce qui est, et qui, comme il est, témoigne de la présence habitante du divin et de sa magnificence [1]. »

Remarque lumineuse. La poésie n'est pas le lieu d'un enseignement religieux, même si elle peut être annonce et prophétie. Sa vérité ne réside pas dans ce qu'elle promet, mais dans ce qu'elle est. La poésie nous apprend à habiter pleinement l'espace des vivants dans l'écoute de la voix du divin. Le chant de la Muse est cette « voix divine issue du réel même, dès lors que celui-ci est grand et essentiel [2] ». Si nombre d'hellénistes n'y entendent plus rien, les poètes de tous les temps, chacun à leur façon, en revanche témoignent du phénomène qui leur est évidence. Être poète en Occident, c'est être en rapport, par les Muses, au divin.

Mais qui sont les Muses ?

Pour le découvrir, il faut partir du mythe – qui est toujours la description la plus fine de l'expérience humaine.

Les dieux, après la victoire contre les Titans et la nouvelle figure que Zeus donna au monde, trouvèrent qu'il manquait quelque chose de décisif à leur monde. Ils demandèrent au maître des cieux de créer des divinités susceptibles de l'annoncer et de le célébrer car, faute d'un

---

1. Walter F. Otto, *L'Esprit de la religion grecque ancienne, Theophania*, Paris, éd. Pocket/Agora, 2006, p. 61.

2. *Idem.*

chant pour dire ce qui est, rien n'est vraiment. Zeus se rendit alors en Piérie, région en Macédoine, auprès de Mnémosyne, la mémoire. Il partagea sa couche durant neuf nuits consécutives : « Ce ne sont donc pas, remarque Walter F. Otto, des hommes qui ont été suscités pour louer la divinité et ses œuvres, mais ces Muses, divinités d'un genre nouveau. Tout poète advient à la mesure de leur faveur. »

Tel est le sens du début du poème d'Hésiode, *La Théogonie* : « Commençons, pour chanter, par les Muses Héliconniennes, celles qui ont pour demeure la grande montagne divine de l'Hélicon [1] », comme celui de l'*Illiade* d'Homère : « Chante, déesse, la colère d'Achille » ou encore de la *Première Pythique* de Pindare : « Lyre d'or, d'Apollon et des Muses Violettes-bouclées/commune possession [2] ! »

Pour comprendre ce que disent Hésiode, Homère ou Pindare, on peut être tenté de transposer l'expérience dont ils parlent dans notre langue – et en faire non pas la venue du dieu mais une expérience intérieure : le poète reçoit un souffle qui le pousse à écrire, de telle manière qu'après avoir achevé sa tâche, il s'en sente tout autant l'auteur que celui qui reçoit un présent.

Ce que nous perdons dans une telle formulation, c'est la restriction de cette expérience à un événement psychique. Et si l'on parle d'inconscient, la restriction devient alors un ensevelissement.

Se mettre à l'écoute de l'inconscient ne conduit pas à la même disposition que de se mettre à l'écoute du dieu !

---

1. Hésiode, *Théogonie, La naissance des dieux*, trad. Annie Bonnafé, Paris, Rivages poche, 1993, p. 53.

2. Pindare, *Œuvres complètes*, trad. Jean-Paul Savignac, Paris, éd. de La Différence, 1990, p. 149.

Aussi faisons l'inverse : ce que nous considérons psychologiquement, apprenons à y reconnaître l'advenue même du divin : « Le poète doit la faveur de son inspiration, dans sa plénitude, à l'accueil électif des déesses lorsque, dans leur générosité, elles livrent à l'amour de leur adepte toute la science et la connaissance d'un chant à la fois primordial et générateur[1]. »

Étymologie du mot Muse

Pour comprendre ce que sont les Muses, partons de l'étymologie de leur nom. Les anciens en ont donné trois, qui sont autant de manières de nous aider à approcher de leur être.

a) Les déesses des montagnes

Le mot Muse viendrait de *mons*, qui désigne les *monts* et montagnes. Cette étymologie fait des Muses, des nymphes habitant l'Hélicon, la Piérie ou l'Olympe. Leur nom est alors une transposition indo-européenne du nom oriental des « Dames des ruisseaux », divinités chthoniennes, nymphes des montagnes. Elles possèdent en cette qualité le savoir le plus ample et le plus profond[2].

L'inspiration poétique jaillit comme une source, au milieu des rochers d'altitude. Cette origine explique que de nombreuses fontaines aient été consacrées aux Muses.

1. Jacqueline Assaël, *Pour une poétique de l'inspiration, d'Homère à Euripide*, Leuven, Peeters, 2006, p. 280.
2. Cf. Jacqueline Duchemin, *Pindare, poète et prophète*, Paris, Les Belles Lettres, 1955, p. 53.

b) Pleines de ferveurs

Platon dans le *Cratyle*, propose une autre étymologie, qui, si elle n'est pas juste philologiquement, est riche de sens. Il rapproche les Muses du *désir* de connaissance et de l'exaltation que cet appel procure en nous : « Quant aux Muses et à la musique en général, c'est du fait de désirer, semble-t-il, de la recherche et de l'amour de la science que ce nom a été tiré. » Platon fait de l'inspiration une forme de ferveur et de fièvre, au cœur de l'expérience poétique – en accord avec sa manière de penser le dieu Éros, comme le dieu même de la philosophie qui ne cesse de nous pousser en avant.

c) Les gardiennes de la mémoire

L'étymologie la plus fréquemment attestée est celle de **men *mon*, la pensée, le savoir au sens de la mémoire – qui fait écho au nom de leur mère Mnemosyne. Dans l'*Illiade* et l'*Odyssée*, les aèdes invoquent la Muse, avant d'énumérer vaisseaux et noms de guerriers, montrant la mémoire que la déesse confère à ceux qu'elle inspire.

Comprendre ce que les Grecs et tous les poètes nomment mémoire n'est pas aisé, car ce terme ne désigne nullement, comme le plus souvent pour nous, une sorte de réservoir où s'emmagasinent des souvenirs. La mémoire est proprement *reconnaissance*, dans toutes les acceptions de ce terme. Elle ne signifie pas du tout, écrit Martin Heidegger dans des pages d'une densité fulgurante : « la "faculté de souvenir". Le mot désigne l'âme entière au sens d'un rassemblement intérieur constant auprès de ce qui s'adresse essentiellement à tous le sentiment[1]. »

C'est elle qu'évoque par exemple Blaise Cendrars, dans *La Prose du transsibérien* lorsqu'il écrit « Je m'abandonne/

1. Martin Heidegger, *Qu'appelle-t-on penser ?*, Paris, P.U.F. trad. G. Granel, 1983, p. 146.

Aux sursauts de ma mémoire [1] » – désignant bien qu'il nous faut la reconnaître et l'accueillir, elle qui est le véritable savoir.

Les Muses sont tout à la fois les gardiennes de la mémoire et du mémorable et c'est pourquoi ce sont elles aussi qui dispensent l'oubli des contingences et crispations qui nous égarent loin de l'essentiel. Ainsi Hésiode présentant l'enfantement des neuf filles de Zeus, explique qu'« unie au Cronide, en Piérie, elle les mit au monde, Mnémosyne qui veille sur les coteaux d'Éleuthère, pour être l'oubli des maux et la trêve des tourments ». Il n'y a de mémoire, en effet, que pour autant que soit distingué ce qui est digne d'être commémoré de ce qui doit être oublié.

Mnémosyne, Zeus et Apollon

À côté de l'étymologie, la filiation des Muses, telle que nous l'expose le mythe, éclaire aussi leur rôle. Elles sont à la fois filles de Mnémosyne et de Zeus. Il est hautement significatif que leur Père soit ainsi le premier des dieux, celui qui préserve l'harmonie du monde, la dispense et la garde. Hésiode comme Pindare y insistent, Zeus est la source première de la poésie et c'est de lui que provient la vocation de ses filles, les Muses, à garder sauf le monde.

Apollon est lui aussi inséparable des Muses, au point d'être dénommé le dieu Musagète, « le conducteur des Muses ». Hésiode raconte qu'au moment où il fut intronisé par les Muses, ces dernières lui apportèrent le rameau de laurier, l'arbre d'Apollon, qu'elles lui donnèrent comme un bâton merveilleux. Pindare l'évoque, pour sa part, dans

1. Blaise Cendrars, « La Prose du transsibérien » in *Du monde entier au cœur du monde*, Paris, Gallimard, coll. Poésie, 2006, p. 59.

la *IXᵉ Pythique*, où il fait prononcer au Centaure Chiron une louange d'une émouvante sincérité et d'un accent quasi liturgique.

Pythagore et la musique

Les Muses sont la source de la musique – dont le nom provient en droite ligne.

Mais qu'est-ce que la musique ?

À première vue, il n'y a là rien de spécifiquement humain, tant sont nombreux les animaux, surtout les oiseaux, qui nous charment par leur chant. Mais comme le souligne Walter Otto, « rien ne serait plus faux que de tenter de faire découler [ces mélodies] des émissions affectives instinctives, comme celles que la peine ou la joie arrachent aux êtres vivants ! Car ces cris, poussés par des bêtes ou des hommes, ne sont justement pas de nature musicale. Dès que se fait jour une succession musicale de sons (ne serait-ce que la plus élémentaire), l'être vivant se trouve dans un état d'esprit qu'il ignore lorsqu'il crie de façon immédiate [1] ». Or, cette succession a été pensée, par les Grecs, de manière mathématique. Alors que nous étions en chemin pour comprendre ce qu'est la poésie, explorant pour ce faire le singulier phénomène de l'inspiration, nous nous retrouvons, non du côté de la mystique mais des mathématiques !

Pour comprendre cet étrange phénomène, il faut interroger Pythagore. Comme le souligne Johannes Lohmann, le pythagorisme « transparaît plus ou moins dans toutes les doctrines philosophiques dites "présocratiques" et, au-delà d'elles, détermine en ses traits caractéristiques le visage de toute une époque, généralement appelée

1. Walter Otto, « Le Prodige du verbe et du chant », Po&sie, nº 124, Paris, Belin, 2008, p. 49.

aujourd'hui "archaïque", qui se situe entre Homère et le classicisme attique[1] ». Le geste inaugural de Pythagore est d'avoir fait des mathématiques non une fonction calculante mais une discipline authentiquement *interprétative*, basée sur la possibilité de rendre compte (*logos*) de ce qui est considéré. Pour cette raison, la poésie, comme chant des Muses, est d'abord art du logos !

C'est parce qu'il est à l'écoute de cette expérience de la Muse que Mallarmé écrit : « Je fais de la Musique, et appelle ainsi non celle qu'on peut tirer du rapprochement euphonique des mots, cette première condition va de soi ; mais l'au-delà magiquement produit par certaines dispositions de la parole [...]. Employez Musique dans le sens grec, au fond signifiant Idée ou rythme entre les rapports ; là, plus divine que dans son expression publique ou symphonique[2]. »

Avec Pythagore, le monde n'est pas conçu comme une voûte céleste surplombant la surface de la terre, entourée par l'océan mais devient un agencement de figures organisées selon des rapports géométriques. Un véritable poème ! Il n'y a donc pas de distinction de principe entre un musicien élaborant ses structures à même son instrument, un poète travaillant au rythme des vers et un géomètre traçant ses figures pour mieux comprendre la structure de l'univers. Ce sont tous trois des bâtisseurs, à l'écoute du cosmos comme *harmonie*. Et cet engagement explique que Pythagore fut perçu comme un autre Orphée.

Le sens de l'harmonie est donc le cœur de cette entente de la poésie comme art mathématique des Muses. Le terme harmonie désigne, en son sens le plus ancien, les

---

1. Johannes Lohmann, *Mousiké et logos. Contributions à la philosophie et à la théorie musicale grecques*, trad. Pascal David, éd. Trans-Europ-Repress, Mauvezin, 1989, p. 19.

2. Stéphane Mallarmé, *Œuvres complètes t. I*, édition présentée, établie et annotée par Bertrand Marchal, Paris, Gallimard, Bibliothèque de la Pléiade, 1998, p. 807.

étriers joignant les planches d'un radeau ou les ais d'un navire, la cheville que bâtit le menuisier pour assembler les parties d'une structure. Le terme a peu à peu désigné le principe d'ajointement, c'est-à-dire tout ce qui permet de mettre ensemble des choses auparavant séparées. Comme le souligne Johannes Lohmann : « Certes notre conception actuelle du monde nous permet d'aller sur la lune, mais cela n'a pas empêché le monde dans son ensemble de se vider de son sens, de devenir un amas chaotique de "faits" dont on ne voit plus à quoi (dans quel ensemble) ils "riment". Or c'est précisément le fait de rimer à quelque chose (dans un ensemble) que le pythagorisme a tenté d'exprimer avec son concept d'"harmonie", auquel est à son tour très étroitement associé le concept grec classique de langue, le logos, en tant que *logos didonaï*, ce concept signifie rendre compte de l'ajointement harmonique du "cosmos"[1]. »

Ce qui manque aux hommes de notre temps, comme à tous les hommes, ce ne sont pas des explications nouvelles, mais un poème qui ouvre un monde harmonieux où trouver place ! Un poème garde le logos véritable ; la raison qui fait résonner le monde, et non qui le livre à l'assaut du calcul utilitaire.

Dans cette perspective pythagoricienne, l'action de la musique ne se borne pas à faire plaisir : elle incite à pénétrer l'harmonie qui tient les choses ensemble – fût-elle, selon la parole d'Héraclite, *inapparente*. Baudelaire en garde mémoire, lorsqu'il écrit : « L'imagination n'est pas la fantaisie ; elle n'est pas non plus la sensibilité, bien qu'il soit difficile de concevoir un homme imaginatif qui ne serait pas sensible. L'imagination est une faculté quasi divine qui perçoit tout d'abord, en dehors des méthodes

1. Johannes Lohmann, *Mousikè et Logos*, trad. Pascal David, T.E.R., 1989, p. 120, sq.

philosophiques, les rapports intimes et secrets des choses, les correspondances et les analogies. Les honneurs et les fonctions qu'il confère à cette faculté lui donnent une valeur telle (du moins quand on a bien compris la pensée de l'auteur), qu'un savant sans imagination n'apparaît plus que comme un faux savant, ou tout au moins comme un savant incomplet[1]. » L'imagination dont parle Baudelaire, retrouve la vérité de la poésie telle que les Grecs l'avaient pressentie.

Civilisation et vérité

Il est étrange que nous en soyons arrivé à considérer que la poésie est l'œuvre de la subjectivité d'un individu, et que la science seule soit « objective », c'est-à-dire pour nous, à même de dire la vérité. Pindare ou Homère furent longtemps considérés comme ceux qui étaient à même de dire la vérité. Ceux qui la déployaient.

Nous ne le comprenons plus car, pour nous, la poésie est distincte de la musique – elle-même restreinte à une forme de plaisir ou de divertissement.

Or la poésie est *mousikè* – terme qui n'est pas un substantif mais un adjectif qui signifie ce qui « a trait aux Muses ». On trouve dans les textes grecs le terme *a-mousos* (a-musique), qui désigne celui qui est étranger aux Muses, privé des Muses, c'est-à-dire inéduqué ou, comme le précise le dictionnaire de Bailly, « grossier, sans goût, inexpérimenté[2] ».

La poésie est civilisatrice. Elle élève l'homme à son humanité et au premier chef parce qu'elle est en rapport

1. Charles Baudelaire, « Notes nouvelles sur Edgar Poe », *Œuvres complètes II*, Paris, Gallimard, 1976, p. 329.

2. Platon l'associe à *a-philosophos* dans *La République*, (411d).

éminent à la vérité. Le chant des Muses nous rappelle à l'*alèthéia*, que l'on traduit trop rapidement par « vérité », mais qui, étymologiquement, signifie le « sans-Lethé ». Le Léthé est le fleuve où les âmes, y buvant après leur mort, perdent contact avec ce qu'elles étaient. Elles perdent le rapport à la mémoire. Être touché par les Muses, c'est être *a-Léthé* : se souvenir de ce qui est et le garder vivant en soi. Ainsi le début du poème d'Homère doit être compris comme le souci que le poème amène à la parole, dévoilant ce qui est à dire pour qu'il soit vraiment dit.

Entendue ainsi, la question de la vérité prend tout son sens. La poésie dit la vérité parce que sa parole nous met en présence de ce qui importe. Entendue comme *aléthéia*, le fait qu'un poème de Pindare puisse dire la vérité de manière tout autre qu'Homère, Sappho ou Hésiode ne pose plus le moindre problème. Chaque véritable poème dit la vérité, nous libère de notre inhumanité, de notre grossièreté, en nous donnant mémoire.

Être à l'écoute des Muses, c'est s'éduquer au sens le plus fort du terme, en ayant un rapport profond à la vérité. Voilà la grande leçon que nous ont laissée les Grecs.

Les Muses étant filles de la Mémoire sont les gardiennes de la *païdéia* – que l'on traduit bien à tort par culture. La culture – voilà qui est pris en charge par un ministère et qui devient une industrie, singulière certes, mais une industrie. La *païdeia* au sens grec est la formation de l'être humain, le mouvement par lequel il gagne la terre de sa propre humanité. Et les Muses en sont les gardiennes.

La vocation de la musique n'est pas d'exprimer un sentiment interne, mais de civiliser le sens commun[1].

---

1. Cf. *Mousikè et arétè : la musique et l'éthique, de l'Antiquité à l'âge moderne*, textes réunis par Florence Malhomme et Anne Gabrièle Wersinger, Paris, J. Vrin, 2007.

Ainsi la poésie étant l'art des Muses, c'est-à-dire musique ou « *mousikè* » est la ressource éducatrice même et la perspective éthique la plus résolue. Elle est ce qui permet à l'être humain d'être en rapport à son humanité et de porter cette humanité à une plénitude réelle.

L'ivresse : l'écoute d'Orphée à la Renaissance

Platon a élaboré une théorie de l'inspiration qui a eu une influence sans égale sur le destin de l'art occidental. Être poète ou lire un poème, c'est être mis en rapport à l'influx originaire de la poésie, comme l'explique Socrate à Ion :

> « … mais c'est une force divine qui t'anime, à la manière de cette pierre qu'Euripide a nommée magnétique, et que tout le monde appelle pierre d'Héraclée. En effet, cette pierre n'attire pas seulement les anneaux de fer, mais elle transmet aux anneaux une force qui leur donne le même pouvoir que la pierre, celui d'attirer d'autres anneaux : (533e) c'est ainsi, parfois, que se forme une très longue série d'anneaux de fer suspendus les uns aux autres, et c'est de la pierre en question que vient la force qui les tient tous suspendus [1]. »

Le poète comme le rhapsode – l'homme qui récite les poèmes en s'accompagnant d'une lyre ou d'une cithare – est « en dehors de soi », *enthéos* – en-thousiaste, c'est-à-dire « habité par le dieu ». Sa récitation est « soulèvement » à l'instar de celui qui saisit le poète dans la mise

1. Platon, *Ion et autres textes, Poésie et philosophie*, trad. Jean Lauxerois, Paris, Pocket, 2008, p. 46.

en œuvre de son poème – en une chaîne qui relie l'auditeur, le poète et la Muse. Lire un poème, c'est participer de la vérité poétique qui n'est l'œuvre de personne puisque venant du dieu.

Là où nous concevons l'expérience poétique comme étant d'abord celle d'un « créateur », Platon la pense comme le flux courant dans une chaîne dont le poète n'est qu'un maillon. Et lire un poème, c'est participer à l'expérience poétique dont le poète a été le premier témoin ou maillon. Une telle expérience n'est cependant pas donnée sans un travail immense, un effort réel de notre part.

Cette image de l'aimant se retrouve dans une grande part de la littérature occidentale comme en témoigne son évocation dans *L'Ode à Michel de l'Hospital* de Ronsard :

> « Comme l'aimant sa force inspire
> Au fer qui le touche de près,
> Puis soudain ce fer tiré tire
> Un autre qui en tire après,
> Ainsi du bon fils de Latone,
> Je ravirai l'esprit à moi,
> Lui, du pouvoir que je lui donne
> Ravira les vôtres à soi ;
> Vous, par la force Apollinée
> Ravirez les poètes saints,
> Eux, de votre puissance atteints
> Raviront la tourbe [la foule] étonnée. »

Au concile de Florence (1438-1445) destiné à réconcilier l'Église de Rome et celle de Byzance, face aux Turcs qui prendront bientôt Constantinople, les conseillers de l'empereur de Byzance font connaître aux lettrés florentins certains manuscrits de la pensée platonicienne et néoplatonicienne oubliés de l'Occident. Ils suscitent aussitôt un grand écho et tout particulièrement chez Marsile Ficin. S'appuyant plus particulièrement sur le *Ion*, le *Phèdre et* le *Banquet* de Platon qu'il traduit et commente, et sous le patronage d'Orphée, Marcile Ficin dessine une nouvelle conception de l'art qui donne à l'inspiration une place insigne.

Platon a pensé une folie (*mania*) supra-humaine, permettant à l'homme de dépasser sa simple condition de mortel et de se rapprocher fugacement de sa condition divine. Le terme *mania* est traduit en latin par *furor* – et Ficin distingue, à la suite de Platon, entre une *furor insania* et une *furor divinus* – la folie inspirée [1].

L'idée maîtresse de Marsile Ficin est qu'il existe une unité des diverses religions. L'Antiquité est une « théologie ancienne » ou « première » en rien opposée à celle du christianisme. La religion unique vise à nous permettre de retrouver l'unité de l'être. La connaissance qu'elle nous transmet peut prendre la voie du raisonnement rationnel qui, pour être efficace, n'en est pas moins limité. Seule la voie intuitive permet d'accéder à l'état angélique, par une sorte de grâce qui se manifeste par la fureur. La fureur est un « rapt divin » qui permet à l'âme d'échapper aux servitudes et aux illusions. Elle peut prendre quatre formes reprises au *Phèdre* de Platon : « La première est la fureur poétique, la seconde celle des mystères (sacerdotaux), la troisième celle de la prophétie, la quatrième est celle de l'amour : la poésie dépend des Muses, le mystère de Bacchus, la divination d'Apollon et l'amour de Vénus. »

Le héros de cette vision est Orphée. Poète, prophète et prêtre, mais aussi amoureux : Orphée est l'un des rares exemples d'êtres qui soient possédés des quatre fureurs (poétique, prophétique, sacerdotale et amoureuse).

---

1. C'est d'elle dont se sont réclamés les surréalistes, André Breton écrivant : « Avec le surréalisme, c'est bien uniquement à ce *furor* que nous avons affaire. Et qu'on comprenne bien qu'il ne s'agit pas d'un simple regroupement des mots ou d'une redistribution capricieuse des images visuelles, mais de la recréation d'un état qui n'ait plus rien à envier à l'aliénation mentale. » (*Manifeste du Surréalisme*, coll. Idées/Gallimard, p. 136, sq.) Texte qui s'appuie sur la distinction platonicienne entre divine folie (*mania*) et folie ordinaire.

L'intensité de son amour pour Eurydice prend, dans ce contexte, un sens renouvelé. Le récit des miracles opérées par sa voix qui calme les fauves et meut les pierres, révèle comment l'âme, au sommet de ses ressources, œuvre directement sur la chair même de l'univers. Ficin reprend au Dante du *Convivium*, la figure d'un Orphée symbole de la puissance civilisatrice de l'esprit ! Ficin, à l'exemple d'Orphée, chantait au milieu de ses disciples les hymnes qu'il avait traduits, enseignant ainsi qu'il convient d'« accorder le chant à l'étoile ».

Pour les humanistes de la Renaissance, la poésie est divine : elle « ne vient pas de l'art mais d'une certaine *fureur* ». Elle n'est pas d'abord un faire, ni même un savoir-faire, mais une élévation de l'âme, une connaissance suprême. Cristoforo Landino, ami et disciple de Ficin écrit ainsi : « Ce que Platon nomme poésie n'est pas seulement ce qui charme les oreilles par la douceur des mots, comme la musique vulgaire, mais traduit des sens élevés, secrets et divins et nourrit l'esprit d'ambroisie céleste. Aussi a-t-on voulu faire procéder cette divine fureur des Muses[1]. »

Boccace (1313-1375) déjà, avait ouvert la voie, consacrant les deux derniers livres de sa *Généalogie des dieux* à une défense de la poésie, en insistant sur son origine divine. Se voulant un homme à l'écoute des poètes, il est le premier à traduire Homère. Pour lui, Dieu est lui-même poète et il inspire tous les poètes au travers d'un bouillonnement créateur. L'évocation de son propre destin est significatif de cette manière nouvelle de penser : « Je le sais ; je pouvais étudier le droit romain, les décrets des pontifes, la médecine ; ce sont des études réputées très honnêtes d'autant plus qu'assez communément les hommes, avides de richesses, y font fortune. Il y avait aussi la philosophie, dont les raisonnements souverains

1. Cité in André Chastel, *Marsile Ficin et l'art*, Genève, Droz, 1996, p. 145.

permettent de reconnaître les causes profondes des choses, et de distinguer le vrai du faux, bienfaits dignes d'être recherchés par tous les bons esprits. N'y avait-il pas encore les Saintes-Écritures, qui nous enseignent à mépriser les choses périssables, qui nous découvrent les grandes œuvres de Dieu, et nous montrent le chemin qui conduit au royaume des cieux ? [...] Mais peu importent les tâches auxquelles la nature destinait les autres ; en ce qui me concerne, elle m'a prédisposé à l'étude de la poésie dès le sein de ma mère, et autant que j'en puis juger, c'est pour cela que je suis né [1]. »

Texte magnifique qui montre bien la singularité de la poésie – à l'écart de l'appétit de gains, de la philosophie comme de la religion – et qui rend celui qui répond à son appel un étranger parmi les hommes. Boccace retrouve ici l'épreuve qu'être poète c'est être animé d'un élan (*physis*) qui ne vient pas du dehors, qui ne peut être gagnée par aucune acquisition mais advient par une forme de révélation.

En France, les poètes de la Pléiade et, au premier chef, Ronsard, cultivent cette même perspective de l'inspiration divine et donnent aussi à la figure d'Orphée une place de choix :

« Tourmenté d'Apollon, qui m'a l'âme eschauffée,
Je veux plein de fureur, suivant les pas d'Orfée,
Rechercher les secrets de nature et des Cieux [...] [2] »

Ainsi à la Renaissance, la poésie joue un rôle central, dont témoigne par exemple l'affirmation de Giovanni Toscanella en 1430, selon laquelle « l'historien, le philosophe, le juriste, le législateur, le médecin, et même le mathématicien n'atteignent la vérité que s'ils sont aussi poètes ».

1. Boccace, *Généalogie des dieux*, trad. Henri Hauvette, Paris, La Renaissance du Livre, p. 196, sq.
2. *Hymne de l'Eternité*, v. 1-3.

Sur la prétendue opposition entre inspiration et travail

Cette notion d'inspiration reste difficile à comprendre tant elle a été fortement remise en cause à l'époque moderne, et tout d'abord parce qu'elle nierait l'effort concret du poète. Et un grand nombre d'auteurs vont insister sur le fait que leur poème n'est pas tant le fruit d'une inspiration divine que d'un patient travail.

La conception platonicienne de l'inspiration, telle qu'elle se donne à lire dans le *Ion*, a, malgré sa grandeur, une part de responsabilité dans l'obscurité du phénomène. Don des Muses, le poète, explique Socrate, ne serait pour rien dans l'éclat du poème qu'il prononce. Si le poète est un inspiré, traversé par la belle folie (*mania*), lorsque le dieu parle à travers lui, il est donc sans raison, incapable de *rendre compte* de ce qu'il dit. Platon prend appui sur ce fait pour établir la supériorité du philosophe sur le poète.

Ce mépris – qui ouvre le différend séculaire, au cœur de l'histoire même de l'Occident entre poésie et philosophie –, est redoublé dans notre monde par la conception mécanique de l'action qui en fait une production d'effets dépassés par d'autres effets. La poésie, ne produisant rien, est inutile ou d'une utilité moindre.

Mais, en réalité, cette conception est fautive. L'inspiration n'implique nulle passivité. Si le poète reçoit un présent, il faut qu'il y mette du sien pour le recevoir et lui donner figure. Si l'inspiration ne se force pas, il faut néanmoins savoir l'accueillir, ce qui demande un rigoureux travail. Les poètes antiques savent que l'enthousiasme exige, de la part de celui qui s'apprête à devenir poète, une écoute aiguë du sacré [1]. Ronsard, dans *La Lyre*, évoque l'état d'inspiration, sans lequel il ne peut rien écrire :

> « J'attends venir, certes je n'en mens point.
> Cette fureur qui la Sybille époint ;
> Mais aussitôt que par long intervalle
> Dedans mon Cœur du ciel elle dévale,
> Colère, ardent, furieux, agité,
> Je tremble tout dessous la Déité.
> … Ainsi je cours à course débridée,
> Lorsque la verve en moi s'est débordée,
> Impétueux, sans raison ni conseil. »

Ce texte témoigne de l'effort qu'implique l'inspiration et Ronsard est le premier à exiger dans son *Abrégé de l'Art poétique français* de 1565 que les inventions soient « bien ordonnées et disposées ». Ou comme l'explique plus près de nous Guillevic : « Le poème tend à être pour moi de la nature de l'éclair. […] On voit, on touche, on sent dans un éblouissement. Ce qui ne veut pas dire, grands dieux, qu'il n'y a pas à travailler ce qui est écrit à l'instant de l'éclair. Car l'éclair est donné mais pas sa traduction en français moderne [2]. »

Il est donc le plus souvent nécessaire au poète de longuement travailler pour restituer ce souffle originaire qu'il a reçu. En dépit de la thèse de Platon, le poète à l'époque d'Homère ne se considère nullement comme un simple instrument, son art impose une collaboration active entre

1. Jacqueline Assaël, *Pour une poétique de l'inspiration, d'Homère à Euripide*, p. 280.
2. Guillevic, *Vivre en poésie*, Paris, Stock, 1980, p. 219.

lui et la Muse. Homère ou Hésiode demandent à la Muse ce qu'ils doivent dire, jamais la manière de le faire.

Marina Zvétaieva a écrit parmi les plus belles pages sur l'inspiration poétique, sur laquelle elle revient à de nombreuses reprises. Elle note ainsi : « J'obéis à quelque chose qui, sans cesse, mais de façon discontinue, résonne en moi, qui tantôt me dirige, tantôt me commande. Quand cela dirige – je discute, quand cela commande – je me soumets. [...] ce qui dirige – c'est une voie auditive jusqu'au vers : j'entends une musique, je n'entends pas les mots. Les mots je les cherche[1]. » L'inspiration est d'abord un mouvement rythmique qui vous saisit et vous impose d'écrire – l'écriture étant alors le déploiement de l'inspiration : « Je n'entends non pas des mots mais une sorte de mélodie silencieuse à l'intérieur de ma tête, une sorte de ligne sonore – passant d'une allusion à un ordre...[2] » Ou selon la description de Max Jacob, l'inspiration : « Un œuf de feu descend dans la poitrine et sous les côtes[3]. »

Paul Valéry, qui s'est pourtant souvent opposé à l'inspiration au point d'écrire « l'enthousiasme n'est pas un état d'écrivain » car « celui-là même qui veut écrire son rêve se doit d'être infiniment éveillé », concède cependant, lorsqu'il aborde son propre travail, que : « Le *Cimetière marin* a commencé en moi par un certain rythme, qui est celui du vers français de dix syllabes, coupé en quatre et six. Je n'avais encore aucune idée qui dût remplir cette forme. Peu à peu des mots flottants s'y fixèrent, déterminèrent de proche en proche le sujet, et le travail

1. Marina Tsvetaeva, *Le Poète et la critique*, trad. V. Lossky, Cognac, Le temps qu'il fait, 1989, p. 41.

2. Marina Tsvetaeva, *L'Art à la lumière de la conscience*, trad. V. Lossky, Cognac, Le temps qu'il fait, 1987, p. 80.

3. Max Jacob, *Candida* cité in Yvon Belaval, *La Rencontre avec Max Jacob*, Paris, Vrin, 1974, p. 125.

(un très long travail) s'imposa[1]. » À la source de la poésie, vient une « heureuse surprise – Une colombe, la brise – L'ébranlement le plus doux – Une femme qui s'appuie...[2] »

L'inspiration, non seulement ne s'oppose pas à l'intelligence du poète – au critique – mais l'appelle et le requiert souvent : « Grâce à l'intelligence, le poète, écrit Paul Claudel, qui ne reçoit le plus souvent de l'inspiration qu'une vision incomplète, qu'un appel ou un mot énigmatique et informe, devient capable, par une recherche diligente et audacieuse, par une sévère interrogation de ses matériaux, par l'abnégation de toute idée préconçue devant le but, de constituer un spectacle fermé, un certain monde intérieur à lui-même dont toutes les parties sont gouvernées par des rapports organiques et par des proportions indissolubles[3]. »

Certes, le phénomène de l'inspiration a pris des visages différents selon les époques, mais l'aède antique comme le poète moderne se sent habité par un souffle qui vient à lui. Aucun « art poétique » ne peut surseoir à ce « don » ou ce « destin » qui frappe certains êtres. Aussi, « Un faux poète fait toujours tout lui-même. Le critère de la fausse poésie c'est l'absence de vers donnés. Il y a parmi eux de vrais maîtres[4]. »

Encore jeune homme, Gerard Manley Hopkins distingue, pour faire comprendre ce qu'il en est de la poésie qu'il recherche, deux sortes de poètes, ceux qui écrivent sous l'inspiration – ce sont les authentiques poètes – et ceux qui sont des artisans et qu'il qualifie de parnassiens

1. Paul Valéry, « Variété », in *Œuvres*, t. I. Paris, Gallimard, 1957, p. 1338.

2. Paul Valéry, « Palme », in *Morceaux choisis*, Paris, Gallimard, 1946, p. 45.

3. Paul Claudel, *Positions et propositions*, Gallimard, 1929, p. 94.

4. Marina Tsvetaeva, *L'Art à la lumière de la conscience*, trad. V. Lossky, Cognac, Le temps qu'il fait, 1987, p. 81.

– du nom de ce mouvement qui mit au centre de l'œuvre poétique le travail acharné et minutieux de l'artiste.

La poésie parnassienne « ne met pas en jeu la même disposition d'esprit que la poésie inspirée. Elle demeure à un niveau basique dans l'esprit du poète, de cela seul elle procède ; rien n'y est inspiré par le génie, comme c'est le cas pour la première apte à élever le poète au dessus de lui-même [1] ».

La marque du parnassien, explique Hopkins est de se voir soi-même écrivant quand on se croit poète, alors qu'en vérité dans une pièce inspirée, « chaque beauté vous saisit comme par surprise ». Le parnassien choisit ses mots avec soin, sa description est belle, peut être même exceptionnelle mais il ne *se passe* rien : « démunie de toute inspiration, sa poésie se meut à un niveau d'intelligence médiocre. » Il ne sait pas que, comme l'écrit Michaux : « Non, le poète, ne fait pas passer ce qu'il veut dans la poésie. Ce n'est pas une question de volonté, ni de bonne volonté. Le Poète n'est pas maître chez lui [2]. »

Le travail du poète est donc d'un ordre très singulier comme en témoigne très justement Dominique Grandmont : « La poésie nous demande de la peine mais ce n'est pas un travail. Il y faut du métier, mais ce n'est pas un métier. Elle ne s'enseigne pas, mais elle s'apprend. Elle apprend à se désobéir à elle-même, car le sens n'est réductible à aucun message [3]. » Un tel « travail » consiste d'abord à se rendre disponible comme nous l'a montré l'exemple de Rilke, au point de pouvoir soutenir le silence quand celui-ci s'impose.

1. Gerard Manley Hopkins, *Écrits de jeunesse*, trad. Bruno Gaurier, Findakly, 2006.

2. Henri Michaux, « L'Avenir de la poésie », *Œuvres complètes I*, Paris, Gallimard, Bibl. de la Pléiade, p. 968.

3. Dominique Grandmont, *Autre Sud n° 30*, Autres Temps, 2005.

Le poète est donc d'abord un homme au travail. Éminemment au travail. Intensément au travail. Et il est du reste très émouvant de voir que Rainer Maria Rilke, l'exemple le plus frappant de poète saisi par une inspiration souveraine, écrivant son œuvre sous une dictée foudroyante, est celui qui a consacré les plus belles pages sur la nécessité et la beauté du travail, d'un travail chaque jour acharné, tout à la fois effrayant et magnifique : « L'art a ceci de terrible que, plus on progresse plus il vous impose une tâche extrême, à peu près impossible ; alors se manifeste, dans le domaine psychique, ce que veut dire dans un autre sens la femme d'un poème de Baudelaire qui s'écrie soudain, dans le grand silence d'une nuit de pleine lune : que c'est un dur métier d'être belle femme [1]. »

Être un être humain est un travail très dur et le poète en est l'un des plus éminents témoins.

1. Lettre à Lou Andréas-Salomé in Rainer Maria Rilke, Lou Andréas-Salomé, *Correspondance*, trad. Philippe Jaccottet, Paris, Gallimard, 1980, p. 217, sq.

L'inspiration comme l'épreuve du non-moi

« On n'est peut-être pas fait pour un seul moi.
On a tort de s'y tenir. Préjugé de l'unité. »

Henri Michaux, *Plume*

« L'art déplace le moi au plus loin. »

Paul Celan, *Le Méridien*

Rapprocher comme je le fais ici les poètes grecs, les plus anciens – Homère, Hésiode, Sappho, Pindare – de ceux de notre temps, sera pris par nombre de spécialistes comme un anachronisme. C'est pourtant un devoir de le faire. L'aveuglement des hellénistes devant ce qu'est la poésie et le rôle de la Muse l'impose. Pour eux, la Muse qu'évoque Homère est l'objet d'une possession de type chamanique, remplacé avec la maturité de la Grèce, par ce que Jacqueline de Romilly nomme l'âge « des techniciens[1] » !

La belle affaire !

On ne peut être plus éloigné de l'écoute de la poésie ! Rainer Maria Rilke, Ezra Pound, René Char ou Hopkins

1. Jacqueline de Romilly, « Pindare est, pour un temps, le dernier des inspirés [...] La tragédie, elle, dépendra toute du talent humain. », in « Gorgias et le pouvoir de la poésie », *Journal of Hellenic Studies 93*, 1973, p. 160.

nous éclairent bien plus profondément que ces petits esprits rationnels.

Fuir les hellénistes académiques – qui ne parlent de la Grèce que pour rendre tout accès à elle impossible – est une condition indispensable si l'on souhaite comprendre le commencement de la poésie d'Occident qui ne cesse de couler dans les veines de tous les poètes. Les questions académiques, derrière leurs pseudo-évidences, sont profondément anachroniques – projetant sur les poètes grecs des problèmes qui ne font strictement aucun sens pour eux !

Au cœur de la parole poétique grecque est l'écoute et la nomination du divin. C'est dans la fidélité à cette origine que, dans *La Quatrième Prose*, Mandelstam écrit : « Toutes les œuvres de la littérature mondiale, je les partage en deux groupes – celles qui sont permises, et celles qui sont écrites sans permission. Les premières, c'est du vomi, les autres, un peu d'air qu'on dérobe[1]. »

Rien n'est plus erroné, en ce sens, que notre compréhension du lyrisme comme l'effusion des problèmes cliniques d'un moi. La poésie, contre tout ce que l'on a fini par désigner sous ce terme, n'a rien à voir avec un assemblage de mièvreries, de sentimentalismes, de grandiloquences et d'affectations parfois teintés de jeux complexes et intimidants. En vérité, la poésie est tout entière le chant du non-moi, d'un état où le moi est sans importance et où la langue peut devenir l'écoute d'une parole pure. Comme l'écrit Saint-John Perse, le poète est « l'homme au masque d'or[2] », car « l'art met le Je à distance[3] ».

---

1. Ossip Mandelstam, *La Quatrième Prose*, Christian Bourgois, 1993, p. 21.
2. Saint-John Perse, *Œuvres complètes*, Paris, éd. Gallimard, Bibl. de la Pléiade, 1972, p. 385.
3. Paul Celan, *Le Méridien & autres proses*, trad. Jean Launay, Paris, éd. du Seuil, Librairie du XXIe siècle, 2002, p. 69.

Faute de le prendre en considération, nombre d'ouvrages consacrés à la poésie mettent mal à l'aise. Trop techniques ou biographiques, ils manquent l'épreuve essentielle et toute simple : la poésie est la parole vivante et d'elle, le poète n'en est jamais le propriétaire. Phénomène inouï, incroyable : la vérité la plus haute ne se donne pas par un effort de volonté. Elle n'est pas subjective. Nous pouvons parler parce que la parole parle. Le poète est l'être humain qui fait l'épreuve que ce n'est pas lui qui parle et qu'il ne peut pas dire ce qu'il veut. Ce n'est jamais en allant contre, ni en se servant de la langue, mais en se mettant à son service qu'il peut être poète.

La poésie est donc la parole qui se détache du « moi » souffrant ou aimant – pouvant aller jusqu'à l'extrême comme le saisissant témoignage du poète Armand Robin le rappelle. Armand Robin (1912-1961), marqué par le discours et le rêve marxiste, économisa sou à sou pour se rendre en Russie dans les années trente. Ce qu'il vit dans ce pays le déchira d'une manière dont il ne se remit jamais. Il apprit une vingtaine de langues, fut un traducteur exceptionnel comme le sont ceux qui sont poètes dans l'âme. Il décida de se perdre dans l'écoute des autres et particulièrement les victimes de la barbarie communiste. Dans son texte « Un lieu m'a », il raconte :

> « À l'origine, mes jours indiciblement douloureux en Russie. Là-bas, je vis les tueurs de pauvres au pouvoir ; le fortuné y assassinait savamment le malheureux en le contraignant à proclamer l'instant d'avant sa mort : “Toi, toi seul, tu es pour les malheureux !” À Moscou, pour la première fois, j'entrevis des capitalistes banquetant.
>
> Ici revenu, je me retins là-bas. Muet, ratatiné, hagard au souvenir du massacre des prolétaires par les bourgeois bolcheviks, je me serrai loin de tout regard auprès de chaque ouvrier russe tué en vue d'accroître le pouvoir de

l'argent. Par sympathie pour ces millions et millions de victimes, la langue russe devint ma langue natale.

Tel un plus fort vouloir dans mon vouloir, besoin me vint d'écouter tous les jours les radios soviétiques : par les insolences des bourreaux du moins restai-je lié, traversant les paroles et comme les entendant sur leur autre versant, aux cris des torturés.

Si terrifiants ces cris qu'ils me jetèrent hors de moi, devant moi, contre moi. Ils me tiendront en cet état tout le temps que je vivrai.

Je mendiai en tout lieu non-lieu. Je me traduisis. Trente poètes en langues de tous les pays prirent ma tête pour auberge. Je m'embuissonnai de chinois pour mieux m'interdire tout retour vers moi.

Le monde extérieur m'aida quelque peu : il me haït, me calomnia, me travestit. Hélas ! parfois aussi, comme pour me décourager, il me louangea.

Puis je cessai de dormir ; l'extrême lassitude fut mon opium, mon Léthé, mes alcools ; l'épouse fatigue m'accompagna partout, lourde en mes bras.

Aujourd'hui encore, toujours souffrant du choc reçu là-bas, je n'ai pas renoncé à me perdre, à être partout où je ne vis pas. [...][1] »

Armand Robin a vraiment fait ce qu'il écrit ici. Il s'est consacré à écouter les radios étrangères et à traduire les poètes de toutes les langues. À les accueillir dans la langue française.

J'évoque ce singulier poète et traducteur de génie car, sous des modes certes différents, et souvent moins dramatiques, tout poète sait qu'il ne s'appartient pas et ce qui compte en lui, n'est pas lui, mais le souffle de la poésie qui parfois se dit en lui et dont il est alors l'espace de déploiement.

1. Armand Robin, *La Fausse Parole*, Paris, Le temps qu'il fait, 2002.

Cette vérité le distingue de la plupart des êtres humains qui ne vivent, pour leur part, que dans le registre du moi – de leurs états d'âme, de leurs soucis et aspirations, de ce qu'ils réussissent ou non à consommer… sans que rayonne jamais, sauf par mégarde ou accident, le souffle du réel ouvert et vibrant [1].

1. Pour cette raison, le romantisme me semble bien plus un oubli de la poésie que son accomplissement ou, comme l'écrit Wallace Stevens : « Le romantisme est à la poésie ce que la décoration est à la peinture » (Wallace Stevens, *Adagia* in *À l'instant de quitter la pièce*, trad. Claire Malroux, Paris, José Corti, 2006, p. 161). Je sais combien de tels propos peuvent choquer tant ils vont à l'encontre de la conception habituelle de la poésie, celle à laquelle j'ai été exposé dans mes études au collège et au lycée – ayant à étudier des poètes qui ne m'ont jamais parlé et que je ne cite donc pas ici. Victor Hugo en est probablement la figure emblématique, lui dont René Char disait : « Hugo est un intense et grouillant moment de la culture en éventail du XIXe siècle, non une marche effective de la connaissance poétique de ce siècle. Obèse auguste, c'est le grand réussi des insensés, ou inversement. Sur sa silhouette géante, on baye, on admire, on pouffe, on se fâche, on tempête, on se déclare pour la pantomime. Tant de fatuité roublarde frappe de consternation » (*Œuvres Complètes*, p. 722). Hugo dont Claudel disait : « Si l'on prend deux ou trois pages de ce grand poète et si on les étudie avec attention, que de déchets ! quelle charpie ! quel remplissage ! Ce vers par exemple composé de quatre adjectifs identiques :

L'innocente blancheur des neiges vénérables.

Quelle diminution de la qualité et de la densité ! » (Paul Claudel, *Réflexions sur la poésie*, Paris, Gallimard, 1963, p. 33). Et Musset si ennuyeux dont Rimbaud disait dans la célèbre lettre du Voyant : « Musset n'a rien su faire : il y avait des visions derrière la gaze des rideaux : il a fermé les yeux. »

Pour ces raisons, ce livre s'appuie sur la grande Antiquité, l'émouvant Moyen Âge, la magnifique Renaissance, l'âge classique et baroque et la grande et décisive aventure moderne.

L'inspiration et l'effroi

« La Muse est entrée dans mon cœur comme une déesse aux paroles dorées ; elle s'en est échappée comme une Pythie en jetant des cris de douleur… »

Gérard de Nerval,
Les Petits Châteaux de Bohême

Se tourner vers Orphée, c'est chercher à renouer le lien avec sa propre inspiration qu'on ne peut jamais posséder mais qui vient toujours comme un présent à la fois espéré et craint. Tel est le sens d'un des premiers *Sonnets à Orphée* de Rilke :

« Un dieu le peut. Mais un homme, dis-moi,
Comment le suivrait-il par l'étroite lyre ?
Sa pensée est discorde. Au carrefour
Du cœur il n'est de temple d'Apollon.

Le chant que tu enseignes n'est pas convoitise
Ni brigue d'aucun bien qu'on puisse atteindre.
Chanter, c'est être. Pour le dieu, facile.
Mais nous, quand sommes-nous ? »

Le poète, s'il est poète, n'a pas le sentiment d'être le créateur de son poème. Il lui vient dessus, il lui survient. Ou pour le dire encore plus simplement, tout poète est devant son propre poème, en situation d'en être le lecteur. La voix du poète n'est pas celle du sujet maître de soi-même.

L'inspiration parle, au contraire de nos idées reçues, non d'un état de grâce facile mais d'une douleur – ne pas pouvoir faire de la poésie à sa guise. État de vulnérabilité intense. Comme l'écrit Anna Akhmatova (1889-1966) dans son poème *La Muse* :

> « Comment vivre avec ce fardeau
> Qu'on ose encore appeler "Muse" ?
> On dit : "Tu la rencontres dans les champs..."
> On dit : "C'est un balbutiement divin..."
> Elle te prend, plus brutale que la fièvre,
> Puis, pendant toute une année, rien, non, rien [1]. »

Ou comme l'écrit Marina Zvétaieva, « Sur cent vers, dix me sont donnés, quatre-vingt-dix – commandés, laborieux, accordés, rendus comme une forteresse que j'ai conquise, c'est-à-dire enfin entendus. Ma volonté, c'est seulement l'écoute, ne pas se lasser d'écouter, jusqu'à ce que j'entende et ne rien noter qui n'ait été entendu [2]. »

Tout poète sait le risque qu'il encourt : « Mais la lèvre divine errait sur d'autres coupes, et la Mer à longs traits se retirait des songes du poète [3]. » Ce risque extrême n'est pas l'impossibilité d'écrire, la condamnation au silence, mais la médiocrité des vers, le fait de rédiger des « textes avilis » qui ne parlent plus.

Se comprend l'épreuve qu'est pour le poète le contact des Muses, qui tient de « la ferveur, la brûlure, le désir et

1. Anna Akhmatova, *Requiem, poème sans héros, et autres poèmes*, trad. Jean-Louis Backès, Paris, Gallimard, 2007, p. 311.

2. Marina Tsvetaeva, *L'Art à la lumière de la conscience*, trad. V. Lossky, Cognac, Le temps qu'il fait, 1987, p. 79.

3. Saint-John Perse, *Œuvres complètes*, Paris, éd. Gallimard, Bibl. de la Pléiade, 1972, p. 290.

l'exaltation que procure la progression vers le chant[1]. » Comme le remarque Edith Mora, dans son livre sur Sappho : il y a ceux qui laissent davantage, en leur poésie, régner la Muse, tel Valéry, et d'autres, devenus « pythie » eux-mêmes, possédés par le dieu, qui ne sont plus que torture et bouche, comme Artaud[2]. Dans tous les cas, l'écriture du poème est l'épreuve d'une radicale écoute.

---

1. Jacqueline Assaël, *Pour une poétique de l'inspiration, d'Homère à Euripide*, Peeters Leuven, Collection d'études classiques, 2007, p. 280.
2. Edith Mora, *Sappho*, Flammarion, 1966, p. 338.

III
TRAVERSER L'ENFER, AFFRONTER L'ABÎME ET LIBÉRER L'AMOUR

« Il faut avoir connu le gouffre de l'enfer
Si tu n'y vas vivant, tu y entreras mort. »

Angelus Silesius

« Cependant c'est la veille. Recevons tous les influx de vigueur et de tendresse réelle. Et à l'aurore, armés d'une ardente patience, nous entrerons aux splendides villes. »

Arthur Rimbaud, *Une saison en enfer*

Traverser l'enfer

La légende nous raconte qu'Orphée descendit aux enfers et y enchanta les dieux qui y habitent. Dans la Nekyia au chant XI de l'épopée homérique, l'*Enéide* de Virgile, *La Divine Comédie* de Dante jusqu'à *Une saison en enfer* de Rimbaud ou les *Carnets de Malte Laurrids Brigge* de Rainer Maria Rilke, un même fil court. Tout homme devient poète en refaisant le voyage d'Orphée.

La souffrance nue devenue chant

L'enfer est d'abord l'épreuve, comme l'écrit le grand pianiste W. Kempff de « la souffrance du monde, de tous les hommes, transformée en chant. Orphée souffre ce qu'il chante. L'ineffable ne se dit pas [1]. » Cette souffrance est au premier regard invisible – elle ne se montre dans toute son ampleur qu'au poète qui entre, avec courage, dans l'obscurité de la terre. Les hommes, d'habitude, s'activent loin du « sanglot », choisissant un état hébété d'ignorance volontaire, car, comme le dit Rainer Maria Rilke :

1. W. Kempff, *Cette note grave*, Plon, 1955, p. 285. Voir aussi le dernier chapitre : « Orphée et les ombres des Enfers ».

« Ni les souffrances ne sont connues
Ni l'amour n'est appris,
Ni ce qui dans la mort nous éloigne[1]. »

Cette peine à laquelle consent le poète est la conscience du malheur terrestre, la souffrance de notre condition, le sentiment d'une soif inapaisée. Peu importe que le poème soit le plus discret des chants qui réveille dans sa sobriété l'immense chagrin d'être ou qu'il soit souverain et grandiose – comme chez Corneille où les personnages les plus triomphants montrent, de façon poignante, leur solitude et leur misère. Auguste, le héros de *Cinna* est ainsi tout entier travaillé par une intense inquiétude personnelle.

De mille façons, tout poème sait que la reconnaissance de ce sanglot de notre condition est la seule façon pour un être humain d'être humain. Aussi le poète refuse les consolations dont se nourrissent les hommes, refuse les sagesses qui rejettent les ténèbres et les monstres au loin, refuse les arts de vivre. Il est, selon le mot de René Char, « un magicien de l'insécurité ».

Au pire tourment des persécutions des communistes staliniens, alors que Mandelstam est arrêté, son épouse lui propose de se suicider ensemble. Il refuse catégoriquement : « La vie est un don que personne n'a le droit de refuser », lui dit-il. Mais le dernier argument qu'il tient et qui seul réussit à la convaincre : « Mais pourquoi t'es-tu mis dans la tête que tu devais être heureuse[2] ? »

Notre mesure de ce que signifie être heureux est si courte, si souvent mesquine et sans ampleur ! Le poète sait une autre rive. Un autre espace.

1. Rilke, *Sonnets à Orphée*, I, 19 trad. J.-F. Angelloz, Paris, Aubier, 1943, p. 179.

2. Nadejda Mandelstam, *Contre tout espoir*, trad. Maya Minoustchine, Paris, Gallimard, 1972, p. 54.

Une saison en enfer

L'enfer que le poète traverse n'est pas définitif mais une saison qui est aussi un passage conduisant à une forme de joie, de « paradis ». Mais il n'existe, nous dit le poète, de paradis réel, d'éveil, de possibilité de nous rendre « fils du soleil » (Rimbaud[1]) qu'au prix d'une traversée de la nuit, d'une polémique avec les ombres (Brodsky). Nous avons à porter au langage l'obscur – comme y insiste Rilke dans les *Lettres à un jeune poète* : « Tous les dragons de notre vie sont peut-être des princesses qui attendent de nous voir beaux et courageux. Toutes les choses terrifiantes ne sont peut-être que des choses sans secours, qui attendent que nous les secourions[2]. »

Entrer en enfer, c'est déjà en être libre :

> « Seul lui qui leva sa lyre
> Parmi les ombres
> Ose pressentir et offrir
> La louange infinie.
>
> Seul lui, qui avec les morts
> Mangea du pavot, du leur,
> Ne perdra plus jamais alors
> Le son le plus frêle qui l'effleure[3]. »

Dante, l'une des figures les plus décisives de l'histoire de l'Occident, a donné corps à ce voyage dans l'autre monde au point d'être, comme le soulignait Madame de Staël, « l'Homère des temps modernes ». Une nouvelle figure d'Orphée. Keats, Schelley, William Blake, Charles Baudelaire, Stefan George, Ossip Mandelstam ou encore

---

1. Cf. M. Fraenkel, *Le Code dantesque dans l'œuvre de Rimbaud,* Paris, Nizet, 1975, p. 16.
2. Rainer Maria Rilke *Lettres à un jeune poète, Œuvres I*, Pairs, éd. du Seuil, 1966, p. 341.
3. Rainer Maria Rilke, in Lou Albert-Lasard, *Une image de Rilke*, Paris, Mercure de France, 1953, p. 87.

Ezra Pound qui dira avoir commencé les *Cantos* lorsqu'il a lu Dante, ils sont nombreux les poètes qui, marqués par son exemple, ont marché dans ses pas[1]. « Revêtu d'un corps sentant », Dante traverse les marais infects, les zones d'effroi, les lieux de la lâcheté et de la trahison. Il ne recule pas devant le terrible, il va même jusqu'à ses plus extrêmes limites. Il ne rejette rien de l'entièreté du monde – inspiration que l'on retrouve dans le célèbre poème *La Charogne* de Baudelaire, qui marqua tant Paul Cézanne et Rainer Maria Rilke : « voir parmi ces choses terribles, parmi ces choses qui semblent n'être que repoussantes, ce qui est, ce qui seul compte parmi tout ce qui est[2]. » Telle est la responsabilité du poète.

En traversant l'enfer, le poète s'expose au mal et nous conduit à en faire l'épreuve.

Faire l'épreuve à même la nuit

> « Je veux être poète et je travaille à me faire voyant. »
>
> Arthur Rimbaud

Cette traversée de l'enfer qui fait d'un homme un poète repose sur une nécessité : le poète est cet être qui ne peut porter à la parole que ce dont il a fait, personnellement, l'épreuve. Pour lui, la connaissance ne peut jamais être intellectuelle ou livresque. Dans le huitième cercle de l'enfer, Virgile et Dante rencontrent Mahomet. Le prophète questionne Virgile en désignant Dante : « Mais toi, qui es-tu ? » Et Virgile répond : « La mort ne l'a pas

---

1. Madame de Stael, *Corinne ou l'Italie*. Cf aussi Baudelaire qui recommande la lecture de la traduction de la *Comédie* ; cf. *Salon de 1846*, Paris, Gallimard, Bibl. de la Pléiade, p. 896 et p. 1690.

2. Rainer Maria Rilke, *Les Cahiers de Malte Laurids Brigge*, trad. Maurice Betz, *Œuvres I*, Paris, éd. du Seuil, 1966, p. 594.

encore saisi, mais pour lui donner pleine expérience, il me faut, à moi qui suis mort, le guider ici-bas par l'enfer. »

Cette entrée dans l'expérience nue, conduit le poète à entrer en rapport à ce qui ne tombe pas directement sous la connaissance habituelle des mortels. Il peut ainsi leur révéler ce qu'ils ne voient pas, ce qui, pour eux, se cache, ce que leur propre lumière leur dissimule. Toute poésie témoigne en ce sens de la nuit, expérience qui manque aux simples mortels, et qui rend le poète si amplement voyant. La nuit, il est seul à la traverser et à y trouver une lumière.

Cette épreuve éminente qui plonge parfois le poète dans une grande douleur est aussi une forme d'initiation comme en témoigne, parmi tant d'autres, Gérard de Nerval : « Je me sens heureux des convictions que j'ai acquises, et je compare cette série d'épreuves que j'ai traversées à ce qui, pour les anciens, représentait l'idée d'une descente aux enfers[1]. »

Impressionnante remarque, la descente aux enfers n'est pas un incident de parcours, mais la possibilité pour le poète d'être poète. Elle témoigne de la possibilité de révéler la vie en sa profondeur – en nous faisant franchir les « portes d'ivoire et de corne » qui nous séparent du monde invisible. Ce voyage qui expose à la crainte d'être maudits pour avoir osé soulever le voile du mystère permet de conquérir des pouvoirs exceptionnels.

La perte et l'effroi

Comment le poète peut-il avoir un tel courage et affronter l'obscur jusqu'à l'effroi ? Parce qu'il sait quelque chose du paradis ; il l'a effleuré. Il a connu l'âge d'or entendu comme un moment d'enfance, une époque perdue, un état d'innocence entrevu. Il ne peut se résoudre

1. A. Fairlie, « Le mythe d'Orphée dans l'œuvre de Gérard de Nerval », *Cahiers de l'AIEF*, 1970, vol. 22, n° 1.

au jour vague mêlé de tiède obscurité dont se contentent nombre de ses contemporains.

De ce fait, aucun poète n'habite entièrement notre monde : il connaît d'autres mondes. À l'instar d'Orphée, le poète apparaît d'abord comme un homme qui veut retrouver ce qui s'est échappé, ce qui lui est refusé, ce qui est ailleurs. Villon se tourne ainsi vers les « neiges d'antan », Du Bellay vers son petit Liré, Baudelaire vers le « vert paradis des amours enfantines » et Apollinaire s'exclame : « Je me retournerai souvent ! »

Que cherche à retrouver le poète en se tournant ainsi vers ce qui s'éloigne ?

Ce qui naguère fut réuni ! Ce qui, une fois, fut souverain ! Aussi le poète est d'abord l'homme qui se retourne, qui traverse le passé à la recherche d'Eurydice, tout autant la femme que l'inspiration, la parole vraie que la sagesse originelle parfois nommée Tradition. Mais ce retournement est marqué d'un impossible. Le poète ne peut rien ramener. Comme l'écrit René Char : « Le poème est l'amour réalisé du désir demeuré désir[1]. »

La disparition et la perte ne sont pas le contraire de la présence, mais y participent. C'est ce qu'écrit Rilke à propos de Mitsou, le petit chat de Balthazar Klossowski, fils de Baladine, futur Balthus, qui avait alors onze ans. Il avait trouvé puis perdu un chat et raconta son histoire dans une série de quarante dessins pour lesquels Rilke rédigea une préface, où il dit, révélant le grand secret de la poésie : « Trouver. Perdre. Est-ce que vous avez bien réfléchi à ce que c'est que la perte ? [...] La perte, toute cruelle qu'elle soit, ne peut rien contre la possession, elle la termine, si vous voulez ; elle l'affirme ; au fond ce n'est qu'une seconde acquisition, toute intérieure cette fois et autrement plus intense[2]. »

---

1. René Char, « Sur la poésie », *Œuvres complètes*, Paris, Gallimard, Bibl. de la Pléiade, 1983, p. 1209.

2. Rainer-Maria Rilke, *Lettres à un jeune peintre (Balthus), suivi de Mitsou, quarante images par Balthus*, Paris, Somogy/Archimbaud, 1998, p. 50.

Comme l'écrit Allain Pailler dans sa préface à l'un des plus beaux poèmes du XXe siècle, *Asphodèle* de William Carlos Williams : « S'il est une connaissance [...] à laquelle nous introduit toute expérience poétique véritable, de Homère à Pessoa, c'est bien celle de l'être-en-devenir. Dès l'instant que la connaissance paraît acquise, elle est déjà perdue pour qui vient d'en faire l'expérience singulière, cependant qu'indéfiniment transmissible à autrui, livrée à chacun par l'instrument du poète. Ainsi fallait-il qu'Orphée perdît Eurydice pour que fût offert à tous les hommes ce luxe parfaitement inutile, ce savoir entre tous nourricier qu'est la poésie[1]. » Le poète se rend en enfer, mais il ne peut rapporter qu'une fumée évanescente qui disparaît aussitôt qu'on tente de la toucher.

Il y a là une des déchirures propres à la poésie : ce qui est devant moi, au moment où je le dis, il faut justement qu'il ne soit plus. Les objets soumis à l'épreuve du poème, pour pouvoir briller d'un vif éclat, doivent cesser d'être ce qu'ils sont pour devenir langage. Et dans le même temps, le langage les sauve et les porte à leur être.

Dans ses derniers poèmes écrits à Voronej, et transmis par la seule mémoire de son épouse Nadejda, Mandelstam confie dans une évidence poignante cette présence au monde :

> « Je porte à mes lèvres cette verdure
> Ce gluant serment des feuilles
> Je porte à mes lèvres cette terre parjure
> Mère des perce-neige, des chênes, des érables.
> Vois comme l'être soumis aux humbles racines
> Affaiblit mon regard et me fait prendre force,
> Et ce parc où un grondement retentit
> L'œil n'éprouve-t-il pas trop de magnificence ? »

---

1. Alain Pailler, « D'Eurydice et d'Orphée en leur métamorphoses : Asphodèle », in William Carlos Williams, *Asphodèle*, trad. Alain Pailler, Paris, Orphée/La Différence, 1991, p. 8.

Assumer l'angoisse, nommer la mort : la poésie n'est pas poétique

« De fausses étoiles nous survolent – certes, mais le grain de poussière que votre voix traverse de douleur, décrit l'infinie orbite [1]. »

Paul Celan, *Lettre à Nelly Sachs*

Le poète, parce qu'il est sans cesse confronté à l'épreuve singulière où tout ce qu'il ramène des enfers devient poussière à la lumière du jour, sait la mort au cœur de notre vie. Et là où les hommes tentent de faire semblant qu'elle ne les regarde en rien, lui l'éprouve et la nomme. William Carlos Williams, avec une immense pudeur, fait résonner la gravité de cette avancée de la mort :

« Aujourd'hui
je suis tout au souvenir déclinant de ces fleurs
que nous aimâmes tous deux,
jusqu'à cette pauvre
petite chose incolore –. »

1. Paul Celan, *Lettre à Nelly Sachs*, in *Correspondance*, trad. Mireille Gansel, Paris, Belin, p. 11.

Emily Dickinson (1830-1886) qui, avec Walt Whitman (1819-1892), inaugure et fonde la poésie américaine, a fait pleinement l'expérience de ce néant qui œuvre en nous. Elle le traverse de part en part, écrivant dès 1871 : « l'aiguillon de la Perte rend presque toute Possession dérisoire », puis une dizaine d'années plus tard qu'« être digne de ce que l'on perd est l'Enjeu suprême ». Le poète est d'abord l'être qui fait l'épreuve aiguë que tout se donne et se perd, que tout se dit et se tait.

Cette perte éprouvée signe la possibilité de la poésie. Et le chant d'amour, lui-même, naît de la perte et en est l'épreuve : pour ramener à la lumière l'aimée perdue, la poésie va parmi les ombres et traite avec elles.

Ce que Kafka nomme le « négatif », Artaud, « la cruauté », le poète ne s'y soustrait pas. En ce sens, la vérité de la poésie est l'antipode de ce qu'on nomme si souvent poétique au sens des vers charmants que l'on se réciterait langoureusement au crépuscule. « Cela veut dire aussi, souligne Christian Prigent, qu'écrire de la poésie, c'est souvent écrire contre la poésie : dans la haine du corps de la poésie, historiquement coagulé à son tour comme obstacle au mouvement de nos langues vers la vigueur déroutante du réel[1]. » Tout poète authentique œuvre à se désintoxiquer de l'idée habituelle de la poésie comme idylle. Rilke le dit sans ambages dans *Le Testament* : « Qu'est-ce qui me serait plus inutile à la fin qu'une vie consolée[2]. » À avoir cherché à nous protéger de tout, nous, nous ne savons plus grand-chose de l'existence. Le poète, lui, demeure dans la gravité, et l'œuvre qu'il sert est *tension* et non *ultime certitude*[3]. Notre « peur de l'inex-

1. Christian Prigent in Jean-Michel Espitallier, *Pièces détachées, une anthologie de la poésie française aujourd'hui*, Paris, Pocket, 2000, p. 200.

2. Rainer Maria Rilke, *Le Testament*, trad. Jaccottet, Paris, Seuil, 1983, p. 54.

3. Rainer Maria Rilke, « Sur le jeune poète », in *Œuvres I*, Paris, éd. du Seuil, 1966, p. 347.

plicable n'a pas seulement appauvri l'existence de l'individu, mais encore les rapports d'homme à homme, elle les a soustraits au fleuve des possibilités infinies, pour les abriter en quelque lieu sûr de la rive [1] ». Le poète ne craint pas l'inexplicable : il y entre même avec dignité.

Le mal le plus grand est de vouloir se libérer du mal. La grandeur de la poésie est, quoiqu'elle aspire à la pureté, quoique son rêve soit de se transformer en musique, d'affronter le mal. De la part du poète, cela comporte un sacrifice : « Il doit poser sa main sur le feu qui sort des lèvres du dragon [2]. »

Non seulement le poète traverse l'enfer, fait l'épreuve de la mort que les autres hommes passent leur vie à fuir, mais il s'ouvre à la douleur du monde, sans aucune protection, se laissant déchirer par elle. C'est le constat singulier de Rainer Maria Rilke, au début de la Première Guerre mondiale dont il pressent qu'elle est *la* catastrophe : « Je comprends à présent ces grands vieillards, Tolstoï, Cézanne, qui s'en allaient conjurant et menaçant comme les prophètes d'un Ancien Testament qui devait être brisé, et ils ne voulaient pas assister à ce désastre. Quoi qu'il arrive, ce qui sera le pire, c'est qu'une certaine innocence de la vie dans laquelle nous avons vécu, enfants, n'existera plus jamais pour aucun de nous. Les années devant nous, quel que soit leur nombre encore, que seront-elles jamais sinon une descente, avec des genoux qui tremblent, de cette montagne de douleur sur laquelle on continue à nous traîner [3]. »

---

1. Rainer Maria Rilke, *Lettres à un jeune poète,* in *Œuvres I*, *op. cit.*, p. 340 *sq*.

2. Massimo Rizzante, « La Découverte de la beauté », *L'Atelier du Roman* n° 57, mars 2009, Flammarion/Boréal, p. 19.

3. Cité in Princesse de Tour et Taxis, *Souvenirs sur Rainer Maria Rilke*, trad. Maurice Betz, éd. Émile-Paul Frères, Paris, 1936, p. 170.

Voilà une parole de poète !

Par quel aveuglement a-t-on si souvent considéré que le poète se consacrant ainsi à son travail, écrivant quelques poèmes lus ou non par une poignés d'êtres, s'éloignait du monde, était à côté des questions essentielles, quand c'est nous qui vivons ailleurs, qui nous nous affairons pour mieux fuir l'important ?

Par quelle bêtise a-t-on opposé le poète qui rêverait à l'écrivain ou à l'intellectuel engagé ? Un tel engagement n'est, en vérité, qu'une fuite hors du « seul millimètre d'air » au-dessus de la terre. Les intellectuels ont presque tous les mains pleines du sang des crimes qu'ils ont justifiés, expliqués, appelés de leurs vœux, rendant ainsi le monde toujours plus suffocant. Leur engagement n'est au pis qu'une macabre recherche du pouvoir, au mieux un aveuglement d'irresponsables.

Jean-Paul Sartre en est l'un des plus frappants symptômes. Il s'est opposé de façon constante et délibérée à la poésie depuis *Qu'est-ce que la littérature ?*, *L'Idiot de la famille* jusqu'à son *Baudelaire* dans une perspective déjà présente chez Voltaire où le penseur rejetait la poésie qui se refusait à lui. Voltaire s'attaqua ainsi à Pindare, selon lui « inintelligible et boursouflé », « un chantre des combats à coups de poing » comme à Dante, dont il jugea le poème « une amplification stupidement barbare » ou encore à Shakespeare, un « sauvage ivre ». Sartre, lui, s'en prit à Flaubert, à Proust, « trop poètes [1] », et à Baudelaire. Son attaque est si constante contre la poésie que Jean-Yves Masson y voit, à juste titre, l'établissement « érigé en

1. Marcel Proust « s'est choisi bourgeois, [et] s'est fait le complice de la propagande bourgeoise, puisque son œuvre contribue à répandre le mythe de la nature humaine » ; Flaubert fut d'une « incompréhension apeurée en face de la Commune » et est « responsable de la répression qui en suivit », *Situation II*, Paris, Gallimard, 1951.

principe » de la fracture entre roman et poésie qui signe malheureusement notre temps [1].

Sartre lit *Les Fleurs du mal* au travers du filtre de l'engagement politique de son auteur – qui d'après lui serait un réactionnaire par masochisme (*sic*) ! Baudelaire se serait mis du côté de l'échec sous toutes ses formes – personnel, littéraire et surtout politique. Que Baudelaire ait vécu un avilissant conseil judiciaire, le supplice d'une liaison douloureuse, une déchéance pénible, il en est le seul responsable. Il a eu la vie qu'il méritait, nous explique Sartre en procureur.

Seul le romancier, prétend-il, qui se tient loin de la poésie affronte le monde et en est digne.

Or, ce que Sartre ne voit pas, c'est l'éblouissante réussite des *Fleurs du Mal* ou des *Petits Poèmes en prose*. Mais rien n'effraie plus, en vérité, l'intellectuel que la poésie dont il ne peut rien faire, qui l'excède et rend vains ses propres efforts. Il en ressort armé d'une haine féroce. Et le texte de Maurice Blanchot, « L'échec de Baudelaire », malgré ses timides efforts pour tenter de redresser la barre, en affirmant que « la démonstration de Sartre est très impressionnante et, dans l'ensemble, fort équitable », ne rend pas justice à Baudelaire et à la poésie [2]. L'humilie même.

Comme le dit Jacques Prévert, dans son poème, « Il ne faut pas » (*Paroles*) :

> « Il ne faut pas laisser les intellectuels jouer avec les allu-
> [mettes
> Parce que Messieurs quand on le laisse seul
> Le monde mental Messieurs
> N'est pas du tout brillant

1. Jean-Yves Masson, « Poésie, roman : même combat ! », *L'Atelier du Roman* n° 57, mars 2009, Flammarion/Boréal, p. 90.

2. Maurice Blanchot, « L'échec de Baudelaire » in *La part du feu*, Paris, Gallimard, 1949, p. 133.

Et sitôt qu'il est seul
Travaille arbitrairement
S'érigeant pour soi-même
Et soi-disant généreusement en l'honneur des travailleurs du
[bâtiment
Un auto-monument
Répétons-le Messssieurs
Quand on le laisse seul
Le monde mental
Ment
Monumentalement[1]. »

L'engagement dont parlent Voltaire ou Sartre repose sur un aveuglement de principe. Car ce qui rend la vie invivable, ce qui nous empêche de respirer, c'est « le monde mental » et ses raisonnements qui empêchent la poésie. Oui, bien plus que la situation politique, l'équilibre du marché, l'absence de poésie est l'attaque la plus décisive faite à notre humanité. Être un être humain, c'est ne pas pouvoir vivre sans poésie. Contrairement à Sartre, c'est Baudelaire qui a raison : «Vous pouvez vivre trois jours sans pain ; – sans poésie, jamais; et ceux d'entre vous qui disent le contraire se trompent : ils ne se connaissent pas[2]. » La barbarie totalitaire et marchande s'établit sur la négation de la poésie.

Faute de le reconnaître, l'engagement dont parle Sartre est *criminel*. Il est tissé par un aveuglement qui conduit inévitablement au pire. Souvenons-nous, parmi tant de faits, que Sartre s'étant, au nom de l'éthique, institué le Juge inquisiteur des poètes modernes, écrivit en 1952 – la date est importante – : « L'existence de ces camps [le Goulag] peut nous indigner, nous faire horreur ; il se peut que nous en soyons obsédés, mais pourquoi nous embar-

1. Sur Jacques Prévert on regardera son magnifique entretien donné en octobre 1961à la TSR : http://archives.tsr.ch/player/personnalite-prevert.

2. Préface au *Salon de 1846*, *Œuvre complète* t. II, Paris, Gallimard, Bibl. de la Pléiade.

rasserait-elle [1] ? » Quand dans le même temps le poète Armand Robin, ayant fait le voyage en URSS en 1933, publiait ses traduction des *Quatre poètes russes* où l'effroi abyssal de leur situation était exposé.

Mais sans doute, comme l'écrivait déjà en son temps Voltaire, « les philosophes sont au-dessus des autres hommes [2] » tandis que le poète, tout au contraire, comme l'écrivit Mandelstam, qui mourut en camp stalinien en 1938, est « l'ami de tout vivant sur terre [3] ».

---

1. Jean-Paul Sartre, « Réponse à Albert Camus » in *Les Temps Modernes* n° 82, 1952.
2. Voltaire, lettre à Damilaville, 27 janvier 1764, lettre n° 11664, *Correspondence and related Documents*, vol. 27, Genève-Oxford, 1968-1977, p. 190.
3. Ossip Mandelstam, « Cahiers de Voronej » in *Tristia et autres poèmes*, trad. François Kérel, Paris, Gallimard, 1982, p. 208.

L'amour éprouvé

« L'amour qui emplit ainsi que la lumière tout
le solide espace entre les étoiles et les planètes. »

Apollinaire [1]

Ce dont, comme l'écrit René Char, « le poète souffre le plus dans ses rapports avec le monde, c'est du manque de justice interne [2] ». Or ce qui donne au poète le courage de défier la justice de convention, cette justice convenue, nécessaire certes, mais si profondément insatisfaisante, c'est l'amour.

Eurydice mordue par le serpent meurt et les amants sont séparés. Orphée brave l'interdit et traverse les enfers. Il veut retrouver la Dame qu'il l'aime. L'amour vainc les règles et est plus fort que les lois – non parce qu'il les nie mais parce qu'il les contient.

C'est parce que Dante aime que Virgile le conduit dans les enfers. Singulière situation : ce n'est pas en homme religieux que Dante s'engage dans ce cheminement, mais en poète. Et si Dante est poète, c'est parce que, à l'âge

1. Apollinaire, poème lu au mariage d'André Salmon in *Alcools*, Paris, Gallimard.

2. René Char, « Partage formel », *Œuvres complètes*, Paris, Gallimard, Bibl. de la Pléiade, 1983, p. 155.

de neuf ans, comme il le raconte dans la *Vita Nuova*, il a rencontré Béatrice et il l'a aimée. À la fin de son voyage, bien des années plus tard, lorsqu'il retrouve Béatrice glorifiée, elle lui dit à nouveau que c'est par amour qu'il est sorti de la vie obscure et terne. C'est l'amour seul qui a fait de lui un authentique poète : « Je suis quelqu'un qui ne fait que noter – lorsque l'amour m'inspire, et traduire en paroles – à mesure qu'il dicte au-dedans de mon cœur. » Pour le poète, la figure de l'aimée et celle de la Muse s'amalgament.

Orphée ne descend pas aux enfers pour y acquérir un savoir ou pour s'emparer du secret de l'immortalité. Il cherche seulement à répondre à l'impératif de l'amour qui ne peut acquiescer à la mort de l'aimée.

Le poète est donc l'homme de l'amour extrême. Mais pourquoi ? Parce que l'amour nous arrache à nous-mêmes, nous pousse à l'impossible, fait éclater les étroites limites dans lesquelles nous sommes emprisonnés. Aimant, le poète ne s'appartient plus, il y a en lui quelqu'un qui est plus lui-même que lui.

Son désir le plus profond est d'obéir à ce souffle intérieur qui renverse l'équilibre des jours. Magnifique circularité : si l'amour transforme tout homme en poète, le poète est celui qui accomplit l'amour en sa perfection, celui qui sait ce qu'est l'amour, et est prêt à tout risquer pour qu'il règne.

Aimer, c'est prendre un risque et entrer dénudé dans l'inconnu. Être prêt à tout perdre. À tout donner. À tout recevoir.

Parce qu'il répond à cet appel, le poète en sait plus sur l'amour que les hommes emprisonnés dans leurs certitudes, dans leur savoir, dans leurs discours confortables. Lui seul peut soutenir l'absence de repères et la défaite du sens. Car le sens jamais ne répond suffisamment à l'amour qui est un saut hors de toutes les conventions, les raisons et les habitudes.

Le poète sait que le plus grand courage est d'aimer vraiment ! Voilà la grande leçon de la poésie ! Et son insupportable présence !

La poésie à l'âge de l'immonde et de l'absence de mémoire : le malheur ne finit plus

Les poètes, écrit Mandelstam sont « vrais dons de Dieu à la terre et au peuple ».

Mais que se passe-t-il quand il n'y a plus de peuple ?

Car nous vivons le temps très singulier où le peuple a été anéanti et est devenu masse comptabilisable. Après avoir détruit quasiment la paysannerie d'un bout à l'autre de l'Europe pour en faire une industrie, puis avoir détruit la « culture populaire » d'abord par la propagande puis par la « culture industrielle » fabriquée pour « vendre du temps de cerveau disponible[1] », nous vivons un temps sans peuple. Donc un temps sans possible pour la poésie. Cette négation décidée de façon institutionnelle, délibérée, hargneuse se nomme « culture ».

Comment être poète quand le monde n'est plus monde ? Quand règne l'im-monde que Cummings nomme le « unworld[2] » ?

En en subissant l'épreuve.

---

1. Patrick Le Lay in Les associés d'EIM, *Les Dirigeants face au changement*, Paris, éd. du Huitième jour, 2004.

2. Sickels, Eleanor, « *The Unworld of E. E. Cummings* » in *American Literature*, Vol. 26, No. 2, p. 223-238.

Comme l'écrit le poète Robert Marteau : « Le monde d'aujourd'hui refuse la mémoire, ce qu'il n'avait jamais refusé jusque-là. Le monde actuel n'est pas la suite des autres mondes, c'est un monde de mutants. La condition humaine est la condition mortelle. Effrayé par celle-ci, ce monde se fuit et remplace la mémoire, donc la tradition, donc la mythologie, donc la révélation par la fiction, qu'elle soit technologique ou autre. Les gens veulent vivre dans la fiction, ils refusent le monde de la nature que nous pouvons lire parce que nous avons le Verbe, la musique, la muse. Qui nie la muse nie sa propre vie. [...] Je ne pense pas que l'humanité ait jamais connu ce que nous vivons. Le type sur la lune, comme un abruti bourré de bière, a dit : "un petit pas pour l'homme, un grand bond pour l'humanité". Il n'a pas ramené les œuvres de Shakespeare ou un sonnet d'Hopkins [1] ! » Pour la masse (c'est-à-dire le non-peuple), il n'y a aucune commune mesure entre le fait d'avoir marché sur la lune et un poème. L'un la fascine, l'autre l'indiffère. Pour le poète, le poème est la seule possibilité d'être un être humain et marcher sur la lune, la défenestration de l'humanité par la souillure de son innocence.

La situation de l'enfer prend donc un visage tout particulier, à l'âge de la modernité à l'humanité de l'homme est en si grand danger.

Baudelaire en témoigne, comme l'explique Benjamin Fondane (1898-1944) dans son bouleversant *Baudelaire et l'expérience du gouffre*. Baudelaire pose « la réalité du mal au centre même de l'être, et ce, non pas comme imperfection, défaut ou négation, ainsi que le voulaient Leibniz et les scolastiques [2] ».

1. *Entretien*, par Nadia Chevalerias et Marc, *Le Matricule des anges*, n° 028, octobre-décembre 1999.

2. Benjamin Fondane, *Baudelaire et l'expérience du gouffre*, Bruxelles, éd. Complexe, p. 211.

Dante manifestait, certes, une infinie pitié qui le poussa à sentir si profondément le misérable destin des hommes au point d'être secoué de frissons, de sanglots et même de perdre connaissance, comme au chant V-142 de l'*Enfer* : « Et tombai comme le cadavre tombe. » Mais sa compassion « ne se croit pas des droits, ne se prend pas pour une pensée, ne se tient pour un argument ; en fait elle ne veut rien, ne tente rien, ne songe même pas qu'il y aurait quelque chose à tenter[1]. » Baudelaire à l'inverse pense la pitié en en reconnaissant la limite : « En fait, il le sait, la pitié est impuissante, elle ne change rien à la condition humaine ou divine, et c'est cela qu'il ne supporte pas. [...] Il la juge offensante ; elle froisse la dignité de la victime[2]. »

Le poète moderne ouvre le chant de l'amour jusqu'à y inclure, en sa garde, ce qui est atteint, blessé et souillé.

Ossip Mandelstam et Paul Celan en témoignent. Ils ont tous deux traversé l'enfer du monde qui en est la disparition. Ils font l'expérience que *la Comédie* – le poème qui commence dans le malheur et finit par la joie – que chantait Dante n'est plus possible. Le malheur n'en finit plus. L'enfer n'est plus une saison.

Au pire de cette douleur, il est cependant possible de reconnaître la grandeur resplendissante de l'homme qui a pénétré l'immensité comme en témoigne Mandelstam témoin de l'effacement du monde :

> « Mon siècle, ô fauve, qui saura
> Plonger les yeux dans tes prunelles,
> Avec son sang qui collera
> Les vertèbres des temps entre elles ?

1. Benjamin Fondane, *Baudelaire et l'expérience du gouffre*, Bruxelles, éd. Complexe, p. 258.
2. Cf. par exemple l'impressionnant : « Assommons les pauvres » in *Spleen de Paris*.

Prêt à bâtir, le sang jaillit
Du gosier des choses terrestres,
L'os parasite seul frémit
Au seuil même des jours qui naissent[1]. »

Malgré l'effroi, il reste néanmoins quelque chose à dire – un chant à murmurer. La poésie certes ne promet rien, ne console de rien mais elle porte à la parole, elle nomme.

Paul Celan entre dans la douleur – non en la racontant, mais en nous en faisant faire l'épreuve dans la langue même de son poème. La grandeur de Celan est d'avoir ainsi touché à l'abîme sans le moindre pathos, en retrouvant la vérité lyrique hors du sujet, hors de la subjectivité où elle était enfermée depuis des siècles. Un lyrisme très singulier car refusant à la fois la subjectivité où il était déposé, mais aussi le chant de la joie et de la célébration. Désormais, le lyrisme adopte une « langue plus sobre, plus factuelle », une langue « plus grise » – qui ne « transfigure pas, ne poétise pas, mais elle essaye d'arpenter le domaine du donné et du possible[2] ». Par-delà l'espoir et le désespoir.

1. Ossip Mandelstam, « Le siècle » in *Le Deuxième Livre*, trad. Henri Abril, Circé, 2002, p. 139.

2. Paul Celan, *Le Méridien & autres proses*, trad. Jean Launay, Paris, éd. du Seuil, Librairie du XXIe siècle, 2002, p. 32.

IV
LA POÉSIE, LE SACRÉ ET LA RELIGION

« Il chante, assis au bord du ciel splendide, Orphée !
Le roc marche, et trébuche ; et chaque pierre fée
Se sent un poids nouveau qui vers l'azur délire ! »

Paul Valéry, *Album de vers anciens* [1]

« Car ce n'est, au fond, que ça la poésie, du sable. Un sable, il est vrai, transmuable, par aventure en cristal. »

Pierre Reverdy [2]

« La chose même, prise en son vif et dans son tout. »

Saint-John Perse, *Vents*

---

1. Paul Valéry, « Orphée », *Œuvres* I, Paris, éd. Gallimard, Bibl. de la Pléiade, p. 76.

2. Pierre Reverdy, « Poésie à part, échec au poète », *Cette émotion appelée poésie*, Paris, Flammation, 1974, p. 101.

La poésie comme harmonie et merveille : la beauté et le sacré

> « Le monde est le lieu d'élection du poème.
> Quand le soleil se lève, il se lève dans le poème
> Et quand il se couche l'obscurité descend
> Et le poème s'assombrit. »
>
> William Carlos Williams, *Paterson* [1]

Orphée subjugue la nature tout entière, en faisant mouvoir les choses inanimées, en apaisant les bêtes féroces, en rassemblant les hommes et en faisant plier les dieux. Simonide (VIIe av. J.-C.), dans l'un des plus anciens témoignages, nous décrit comment à son chant, les oiseaux planaient au-dessus de la tête du poète et les poissons bondissaient des flots. La poésie est mise en harmonie – et par là elle est révélation de la beauté. Sa déclaration. Tel est le commencement de l'un des plus grands poèmes du XXe siècle, Paterson de Williams : « Atteindre à la rigueur de la beauté. »

La beauté est le cœur de la poésie. Mais son usage a été tant figé, crispé dans des règles et dans une esthétique qu'elle a été questionnée à l'aube de la modernité comme

1. William Carlos Williams, *Paterson*, trad. Yves di Manno, Paris, José Corti, 2005, p. 110.

en témoigne l'expérience de Rimbaud (*Une saison en enfer*) que refait tout poète moderne : « Un soir, j'ai assis la Beauté sur mes genoux. – Et je l'ai trouvée amère. – Et je l'ai injuriée. » Ce n'est pas la beauté qui est ainsi congédiée mais son usage, son image et son usure. L'esthétique qui s'est constituée au cours des siècles est devenue la négation de la poésie et de l'art, la défiguration de la beauté véritable qui est toujours neuve et ardente. Son enfermement dans des règles. C'est elle, l'esthétique, qui est révoquée. Partout où quelqu'un parle d'esthétique vous savez qu'il veut empêcher la splendeur de la poésie. Pour lui, la beauté n'a de sens qu'éteinte dans un artifice vain. Comme nous l'a rappelé Martin Heidegger, elle « n'est pas ce qui plaît, mais ce qui tombe sous ce destin de la vérité qui se produit quand l'éternellement inapparaissant, et partant invisible, parvient dans le paraître le plus paraissant [1] ». Tout le discours sur la poésie qui parle en terme de plaisir, de jouissance, de subjectivité, manque ce qui importe, le murmure des mots qui est sens. La beauté véritable fait effraction et met la poésie à l'écoute du sacré.

La parole est sacrée

La parole, quand elle donne droit au souffle de l'existence, est belle. Et alors elle est sacrée. Elle sauve. Nous n'en savons plus grand-chose, la prenant pour l'émission d'un son articulé ou d'un message que produit un émetteur en direction d'un récepteur. Il faut se délivrer de cette croyance profondément naïve que les choses existeraient par et pour elles-mêmes et que la parole n'aurait rien de plus à faire qu'à les désigner plus ou moins bien. En réalité, les choses en tant que telles n'existent que dans

1. Martin Heidegger, *Qu'appelle-t-on penser ?*, trad. par Aloys Becker et Gérard Granel, Paris, éd. P.U.F., coll. Épiméthée, 1959, p. 31-32.

la pensée verbalisée. La parole ne les désigne pas ; elles apparaissent en elle. L'art ne représente rien, mais fait apparaître ce qui, sans lui, n'est pas. C'est pour cela qu'Orphée est considéré comme « mage » : « L'homme éprouve le sentiment obscur de toucher, avec le mot, à l'existence elle-même, pour la seule raison que la création de ce dernier est une sorte d'invocation où l'étant apparaît en tant que tel [1]. »

Ainsi il faut aller jusqu'à dire avec Walter Otto, que le poète parle d'abord juste pour parler. Il n'a aucun autre dessein. N'informe pas. N'a rien à dire. Ce que nous appelons « notions » et « pensées », c'est précisément l'événement de la parole elle-même. Le poème s'annonce par le langage comme la présence mythique et unitaire du monde. C'est parce qu'il parle que le poète dit quelque chose !

Ainsi ceux qui affirment que le poète veut dire quelque chose comme ceux qui expliquent qu'il ne dit rien d'autre que le travail formel sur les mots se trompent. Le poète parle et, en tant que tel, il dit. Il dit d'autant plus intensément qu'il est au service d'une parole qui s'impose – pris ainsi par une responsabilité éminemment éthique.

Le monde est sacré

Sacrée est cette façon d'être dans le monde de manière qui soit ni intellectuelle, ni sentimentale, ni romantique, ni rationnelle, ni scientifique, ni poétique au sens courant du terme. La nature est sacrée lorsqu'elle n'est ni « état d'âme » ni symbole au sens intellectuel du terme, mais restituée dans sa présence charnelle. Tel est le sens du poème de Rimbaud, *Soleil et chair* :

---

1. Walter Otto, « Le Prodige du verbe et du chant », Po&sie, n° 124, Paris, Belin, 2008, p. 54.

« Je regrette les temps de l'antique jeunesse,
Des satyres lascifs, des faunes animaux,
Dieux qui mordaient d'amour l'écorce des rameaux
Et dans les nénuphars baisaient la Nymphe blonde !
Je regrette les temps où la sève du monde,
L'eau du fleuve, le sang rose des arbres verts
Dans les veines de Pan mettaient un univers ! »

Le poète est à la recherche « de sacralité, c'est-à-dire de réalité plus intense, plus éminente[1] ». Ou plus exactement encore, il cherche à passer de la réalité au réel !

Une telle écoute du sacré suscite la haine de l'intellectuel comme de l'homme obsédé par les effets quantifiables de son action. Comme l'écrit en ce sens Lévinas qui est pourtant un penseur conséquent et reconnu : « Le sacré filtrant à travers le monde – le judaïsme n'est peut-être que la négation de cela. Détruire les bosquets sacrés – nous comprenons maintenant la pureté de ce prétendu vandalisme. Le mystère des choses est la source de toute cruauté à l'égard des hommes. L'implantation dans un paysage, l'attachement au Lieu, sans lequel l'univers deviendrait insignifiant et existerait à peine, c'est la scission même de l'humanité en autochtones et en étrangers. Et dans cette perspective la technique est moins dangereuse que les génies du Lieu[2]. »

Tous les poètes disent le contraire – détruire les bosquets et les arbres est le début de la barbarie, la négation d'un séjour sur terre. Lévinas est non seulement aveugle à la poésie mais aussi à la catastrophe de notre monde des Temps Nouveaux.

1. Yves Bonnefoy, « Le Désert de Retz et l'expérience du lieu » in *Le Nuage rouge*, Paris, éd. Folio essais/Mercure de France, 1995, p. 370.

2. E. Lévinas, « Heidegger, Gagarine et nous » (Information juive, 1961), in *Difficile Liberté*, Paris, Livre de Poche/Albin Michel, 1976, p, 349. – La conception de Lévinas n'engage nullement le judaïsme, comme en témoigne l'existence du hassidisme qui connaît si bien la splendeur du monde mais que Lévinas récuse.

À Lévinas, il est possible de préférer l'hymne d'amour et de fidélité à la terre de Saint-John Perse s'exclamant : « Irréprochable, ô Terre, ta chronique, au regard du censeur », ou encore de Char ou de Mandelstam, poètes que l'on ne peut en rien considérer comme « réactionnaires[1] » et pourtant tout entier à l'écoute du sacré.

L'expérience nue est sacrée

Est sacré ce qui se garde à l'abri de toutes conceptions, réflexions ou jugements. Ce qui échappe. Ce qui excède, enfle ou se retire. Ne se tient pas. La poésie est sacrée car, seule, elle sait le silence et l'obscur, seule elle est prête à ne pas demander de comptes. Comme le dit le poète Oppen (1908-1984) évoquant la conscience-en-éveil – « awareness » dont il fait résonner l'homophonie avec awe (le sacré) : « Je suppose que c'est presque un sentiment de crainte sacrée (awe) de sentir simplement que la chose est là et qu'il y a là sacrément à voir. C'est une ouverture pleine d'égards au monde, une réaction lyrique au monde[2]. » Sacrée est en effet d'abord, cette ouverture de l'esprit et du cœur.

Le poète a un aperçu du réel qui prend forme de lui-même. Or, comme le souligne Chögyam Trungpa (1939-1987), le plus éminent maître de méditation du XXe siècle qui joua un grand rôle dans la poésie américaine en particulier à travers son amitié pour Allen Ginsberg : « Lorsque quelqu'un s'évertue à recréer cet aperçu de clarté qu'il a déjà eu, l'éclair soudain ne se produit tout simplement

1. « Les ennemis de la société industrielle sont la plupart du temps réactionnaires. Ils oublient ou détestent les grands espoirs de notre époque », in E. Lévinas, « Heidegger, Gagarine et nous » (Information juive, 1961), in *Difficile Liberté*, Paris, Livre de Poche/Albin Michel, 1976, p. 347.

2. Georges Oppen, *Contemporary literature*, p. 164. Cité et traduit par Hadrien France-Lanord, Robert Laffont, Coll. Bouquin, 2011.

pas. Plus on essaye, moins l'expérience a lieu. » Telle est l'expérience poétique d'Orphée. Impossible de recréer le moment juste. Se démener pour le revivre, c'est le rendre impossible.

Deux obstacles nous menacent. L'intellect qui devient intellectualisation et la qualité émotive, « impulsive de l'exagération qui pousse à se mettre à l'écoute » de sa propre confusion et à tenter de les interpréter comme autant de découvertes[1].

L'érudit comme le névrosé sont prisonniers de leur fascination. L'érudit, souligne Chögyam Trungpa est « constamment victime d'un esclavage sans fin. Il s'alourdit toujours plus. Il n'accepte rien qui ne soit pas prouvé logiquement jusqu'au stade où la logique procure un plaisir, la découverte est source de plaisir. » Si bien qu'il a peur de « faire toute expérience réelle de ce qu'il enseigne », effrayé de la possibilité de s'y engager et du risque qu'il pourrait alors encourir.

L'expérience poétique n'est ni du côté de l'intellect ni du sentiment émotionnel – mais vient d'ailleurs. C'est cet ailleurs, où seul il est possible de vivre authentiquement, que la poésie nous apprend à reconnaître – et c'est pour cette raison qu'elle est si nécessaire.

1. Chögyam Trungpa, *Bardo, Au-delà de la folie*, Paris, éd. du Seuil, 1995, p. 22.

Les présocratiques, l'origine et le dieu

> « La philosophie même du poète me semble pouvoir se ramener essentiellement au vieux "rhéisme" élémentaire de la pensée antique. Comme celle, en Occident, de nos présocratiques [1]. »
>
> Saint-John Perse

Le poète, homme de mémoire, aime « l'enfance du temps [2] » et préfère non se tourner vers « la cascade furieuse de l'avenir [3] » comme les hommes sans cesse affairés, mais se mettre à l'écoute des « gens d'aurore [4] », des découvreurs, des témoins du printemps de l'humanité où l'existence tonne et résonne amplement où le sacré rayonne amplement.

Pour nombre de poètes, de façon explicite ou plus secrète, ce « retour amont » a trait à ceux que l'on nomme improprement les présocratiques – qui, en réalité, ne précèdent personne mais sont les « matinaux ».

1. Saint-John Perse, « Lettre à Roger Caillois » in *Œuvres complètes*, Paris, éd. Gallimard, Bibl. de la Pléiade, 1972, p. 563.
2. René Char, « Sur la poésie », *Œuvres complètes*, Paris, Gallimard, Bibl. de la Pléiade, 1983, p. 694.
3. *Idem*, p. 608.
4. *Idem*, p. 411.

Pourquoi la Grèce des temps les plus anciens est-elle à ce point la source de la poésie d'Occident, à chaque époque d'une manière nouvelle ? Parce que ce peuple, à la différence de la plupart des autres qui reposent sur un livre sacré – la Bible ou le Coran par exemple –, est éduqué par Homère, Pindare et Sappho, c'est-à-dire par des poètes. Là, en Grèce, le poète est « à la fois le savant, le penseur et le chantre[1]. »

Tout poète moderne en est l'héritier et fait la douloureuse épreuve de l'oubli du sacré qui fut alors déployé : « On a perdu, comme le souligne René Char, le sens solaire des Grecs… C'est dû à la faute, au péché qui est un acide qui corrompt tout[2]. »

Héraclite, Empédocle, Parménide mais aussi Archiloque, Théognis ou Solon témoignent d'une unité première entre la pensée et la poésie. Un temps où la morale, avec ses notions rationnelles de bien et de mal, n'avait pas été inventée et où la religion était encore inconnue. Comme l'écrit Romain Rolland dans son *Empédocle d'Agrigente* : « Ils ont réalisé l'idéal que nous rêvons : unir et harmoniser toutes les forces de l'âme, la raison et la foi, la double observation des sens et de l'œil intérieur[3]. »

Solon, à la fin du VIe siècle, fut le grand législateur ayant donné la Constitution d'Athènes, ainsi que celui qui allégea le fardeau des dettes qui pesaient sur tant de paysans, ouvrant ainsi une ère de plus grande justice. Or, il était d'abord poète et chanteur, auteur d'élégies qui participaient pleinement de son action politique.

Les « matinaux » sont à l'écoute de l'être du monde, d'une manière profondément poétique qui seule garde le sacré comme sacré. Mais comme le souligne Jean Beaufret,

---

1. Guillevic, *Vivre en poésie*, Paris, Stock, 1980, p. 175.

2. René Char, cité in Daniel Delzard, *René Char et les millénaires de l'humanité*, Dialogues d'histoire ancienne, Année 1990, vol. 16, n° 1, p. 31.

3. Romain Rolland, *Empédocle d'Agrigente,* Paris, 1931, éd. du Sablier, p. 23.

évoquant Héraclite : « Rien ne nous éloigne plus de sa parole que la traduction courante de *cosmos* par monde. [...] Cosmos évoque bien plutôt un arrangement, une disposition des choses dont on parle. Non pas n'importe laquelle. Il s'agit d'une disposition des choses dont on parle [1]. » Or tel est le thème secret de toute poésie.

Le monde sacré que cherche tout poète n'est cependant pas seulement grec, il est aussi, pour une part, celui des « hommes des vieilles gelées blanches » propre à chaque monde – que ce soient les Celtes, les Gaulois, les Vikings, les Germains. Un monde où l'homme qui n'est pas encore coupé de la nature, où la pensée et le poème ne sont pas déchirés.

Le poème de Baudelaire *Correspondance* :

« Comme de longs échos qui de loin se confondent
Dans une ténébreuse et profonde unité,
Vaste comme la nuit et comme la clarté,
Les parfums, les couleurs et les sons se répondent. »

témoigne de cette alliance des contraires, union du microcosme et du macrocosme qui nous concerne toujours.

1. Jean Beaufret, *Dialogue avec Heidegger*, vol. 1, Paris, éd. de Minuit, 1973, p. 25.

Orphée, orphisme, le roi David et le christianisme

L'orphisme

Dès le milieu du VIe siècle av. J.-C., on attribua à Orphée la paternité de plusieurs poèmes se rapportant aux cultes à mystères. Ces poèmes traitaient de purifications et d'initiations – dont nous ne savons pas grand-chose. Pierre Boyancé souligne : « Quelle est la légende orphique par excellence, celle qui à l'esprit de tout homme cultivé se présente au seul énoncé de son nom ? celle même que l'art s'est le plus souvent efforcé de représenter ? C'est celle d'un poète inspiré qui par la beauté émouvante de ses chants force les bêtes, les choses mêmes à le suivre. Dès les plus anciennes mentions qui sont faites de lui, jusqu'aux peintures des catacombes, tel nous apparaît Orphée [1]. »

Au lieu de nous tourner d'abord vers une doctrine ésotérique, Pierre Boyancé nous invite, pour comprendre la légende d'Orphée et de l'orphisme, à porter attention à la glorification de la voix humaine et du chant. Orphée est

---

1. Pierre Boyancé, *Le Culte des Muses chez les philosophes grecs*, Paris, éd. De Boccard, 1937, p. 34. Cf. *Orphisme et Orphée, en l'honneur de Jean Rudhardt, textes réunis et édités par Philippe Borgeaud*, Paris, Librairie Droz, 1991.

un enchanteur parce qu'il incarne en lui l'efficacité des rites de la vraie poésie. L'Orphée magicien, l'Orphée enchanteur, l'Orphée purificateur ne sont en fin de compte que la même figure – celle du poète authentique.

C'est d'abord ainsi que l'orphisme a influé sur toute l'histoire de la poésie et l'on en trouve des échos par exemple dans ces vers de Gérard de Nerval :

« Respecte dans la bête un esprit agissant :
Chaque fleur est une âme à la Nature éclose ;
Un mystère d'amour dans le métal repose ;
Tout est sensible ! » Et tout sur ton être est puissant. »

(*Vers Dorés*)

L'orphisme, mêlé au néoplatonisme, nous rappelle au souvenir de cette harmonie profonde à laquelle nous aspirons tous – situation où l'âme du monde, celle de l'homme, celle des animaux et celle des choses sont liées d'une façon réelle. Telle est l'une des sources fécondes de la poésie. Car en effet, comme l'écrit Pierre Reverdy : « C'est par cette révélation d'un lien secret entre les choses, dont nous constatons que nous n'avions jusque-là qu'une connaissance imparfaite, que l'émotion spécifiquement poétique est obtenue [1]. »

Orphée, Moïse et le Christ

– *Orphée juif*

Orphée n'est pas seulement le fondateur de l'orphisme, mais il joue aussi un rôle important chez les juifs hellénisés. Il y est considéré comme ayant été un élève de Moïse en Égypte, pays où, dans sa jeunesse, il aurait fait

1. Pierre Reverdy, *Cette émotion appelée poésie*, Paris, Flammarion, 1974, p. 57.

un voyage important. La science païenne que révèle Orphée aux Grecs provient en vérité de Moïse, c'est-à-dire de la « philosophie du Pentateuque ». La découverte du *Testament* d'Orphée, en vérité probablement rédigé par un juif hellénisé ayant une vaste connaissance de la littérature grecque, a donné une base à cette approche. Ce texte que l'on avait cru avoir été rédigé par Orphée en personne y dénonce les dieux païens et invite son fils Musée à reconnaître le Dieu de Moïse comme seul vrai Dieu.

– *Orphée christianisé*

Mais la fortune d'Orphée ne s'arrête pas là. Les Pères de l'Église reprennent cette légende du Testament et font d'Orphée une préfiguration du Christ. Venu pour enseigner aux hommes, il est à la fois leur bienfaiteur et leur victime. Il a su, comme le fils de Dieu, montrer la possibilité d'un salut avant d'être mis à mort. Mieux qu'aucune autre figure antique, Orphée, en raison de son caractère pacifique, de sa capacité à apaiser la discorde par la musique et en raison de sa mort tragique, est apparu comme la figure païenne la plus digne. Orphée charmant les animaux aux sons de sa lyre est ainsi devenu le motif mythologique le plus souvent représenté dans les peintures des catacombes chrétiennes, si ce n'est le seul. Les premiers chrétiens y ont vu le miracle d'une sauvagerie transformée en rassemblement apaisé et attentif – rappelant la promesse du Christ. Lactance (IIIe-IVe siècle) évoque Orphée comme le plus ancien poète, qui aurait déjà entrevu l'identité du vrai Dieu, et aurait eu accès à une forme de lucidité prophétique.

Le Moyen Âge va reprendre cette vision d'Orphée et en renouveler le sens. Contrairement à une idée reçue, le

Moyen Âge ne fut nullement oublieux des mythes antiques et Orphée y joue un rôle important [1].

L'Orphée de l'Antiquité tardive se transforme tout particulièrement avec le développement de l'allégorie qui invite à reconnaître que le monde porte la trace du plan de Dieu. Dante en donne un magnifique exemple dans *Le Banquet* : « L'autre sens, nommé allégorique, est celui qui se cache sous le manteau de la fable, et il présente, dissimulée sous un habile artifice, une belle vérité : ainsi lorsque Ovide décrit comment Orphée par le son de sa lyre apprivoisait les animaux sauvages, et attirait à lui les arbres et les rochers. Ce qui signifie que le sage, avec le seul instrument de sa voix, attendrit et rend humbles les cœurs durs, et peut émouvoir les hommes dénués de science et d'art, même ceux qui, privés de raison et de savoir, sont quasi comme des pierres [2]. »

De plus, au cours du Moyen Âge, Orphée devient une disposition de l'âme et Eurydice, celle qui l'attire en enfer ou encore, à l'opposé, le Bien qui le sauve. Fulgence (Ve siècle) dans ses *Mitologiae*, texte qui expliquait les figures principales de la mythologie gréco-romaine, fournit une interprétation étymologique à cette perspective qui s'est peu à peu imposée. Orphée dériverait de *oraia phone* (« meilleure voix ») et Eurydice d'*eurdike* (« jugement profond »). La quête d'Orphée est en vérité celle de la sagesse. Et le poète, loin de se rendre en enfer, sous l'influence du néoplatonisme, monte dans les cieux, guidant l'âme des hommes vers leur foyer céleste.

1. Cf. John Block Friedman, *Orphée au Moyen Âge*, Fribourg, Éditions Universitaires de Fribourg, 1999 ; J. Seznec, *La Survivance des dieux antiques*, Paris, Flammarion, 1993.

2. Dante Alighieri, *Le Banquet*, II, I,3, trad. Bernard de Watteville, Genève, 1929.

– *Orphée comme amant magnifique*

Au XIVe siècle, Orphée change, une nouvelle fois, de statut. Il devient amant parfait et chevalier courtois, héros de nombreux romans courtois dont *L'Orphée et Eurydice* du grand écrivain écossais Robert Henryson (v. 1425-v. 1500) ou encore chez Chaucer.

Orphée et le roi David

> « Comme le Cerf halète après – la fraîcheur des eaux claircoulantes ; – ainsi mon âme à toi Seigneur, – de toute son attente aspire[1]. »
>
> Le Roi David

> « Tigres, lyons, te vont suyvant de près :
> Et sous ton chant les rivières bruyantes
> Haussent la bride à leurs ondes fuyantes. »
>
> Du Bellay

Une autre source décisive de la poésie d'Occident est le roi David, considéré comme l'auteur des Psaumes. Le benjamin des huit fils de Jessé, berger sans peur, vainqueur du géant Goliath, oint par le prophète Samuel et devenu roi, était aussi un poète. La Bible raconte en effet que, dès sa jeunesse, David fut l'ami des arts, le poète et le musicien de la cour d'Israël.

Comme on peut s'y attendre, David fut identifié à Orphée.

Dans plusieurs représentations, dont celle de la synagogue de Doura Europos (IIIe s.), le roi David est représenté avec un bonnet phrygien, sur un rocher, muni d'une lyre et faisant face à des animaux charmés par sa musique.

1. David, *Psaumes pénitentiels*, trad. Blaise de Vigenère, Paris, Orphée/La Différence, 1989, p. 87.

Ce rapprochement entre le roi David et Orphée s'explique en ce que tous deux ont une ascendance noble, tous deux ont joué de la lyre dans le désert – David dans une contrée éloignée pour faire paître son troupeau, Orphée dans les lieux isolés de Thrace –, tous deux ont acquis par leur chant un pouvoir sur le mal et sur la mort. Ainsi dans l'*Églogue*, Théodule (Xe siècle), remarque : « De même qu'Orphée adoucit les divinités du monde souterrain par sa lyre, David adoucit l'esprit malin de Saül. » La Bible raconte qu'en effet, alors que le roi Saül ne trouvait pas la paix, menacé par « l'esprit impur », David lui apporta, par son chant, l'apaisement du cœur.

Les poètes de la Pléiade font de ce David-Orphée un modèle. Son geste apaisant Saül leur permet de penser le rôle éminent de la poésie lyrique, comme en témoignent ces vers de Marot dans l'*Épître aux Psaumes* :

« N'a il souvent au doulx son de la lyre
Bien appaisé de Dieu courroucé l'ire ?
N'en a il pas souvent de ces bas lieux
Les escoutants ravy jusques aux cieulx ?
Et faict cesser de Saül la manie,
Pendant le temps que duroit l'armonie. »

La poésie n'est pas simple jeu littéraire, mais la possibilité d'« opérer une réconciliation des hommes, des Dieux dans une vision harmonieuse du monde [1] ».

Les Psaumes deviennent des exemples, à mesure qu'ils sont traduits en langue vernaculaire. Boileau établit une équivalence entre les chants (aux « nobles hardiesses ») de Pindare et le « sublime des psaumes de David [2] ». L'Occident à désormais deux sources reconnues et assumées.

1. *Ibid.*, p. 140.
2. Boileau, « Discours sur l'ode », in *Œuvres*, Garnier-Flammarion, 1969, t. 2, p. 119.

Un autre et décisif apport des Psaumes a été de conduire les poètes à repenser leur langue. Le rôle de Vigenère (1523-1596), si injustement méconnu, fut, pour la langue française, crucial. Il traduit les Psaumes à partir du latin comme de l'hébreu. Se défiant de l'alexandrin, il cherche dans le rythme même de la langue française « tourné en prose mesurée [1] » à rendre la beauté de ces textes. Cette manifestation du « vers libre » dans la langue française vise, comme le dit Vigenère, à leur restituer leur dimension poétique. « Il [David] y déploie tant de belles et riches fleurs d'éloquence, que les plus délicats et elabourez Poëtes Grecs ny Latins ne s'y pourroient parangonner. »

En un sens, la langue de la poésie française vient pour une grande part de l'effort de traduction du texte biblique, et à chaque époque les chemins pris pour ce faire ont donné un horizon plus ample à la poésie. Ce fut le cas avec Vigenère, Clément Marot – qui met en vers des Psaumes de la Bible qui seront chantés dans toute la France – mais aussi Calvin, Pascal et l'école de Port Royal [2].

La langue des Psaumes ouvre la poésie au verset et au poème en prose, dans un rapport à la langue tout autre que celui du vers compté [3]. On en retrouve des échos chez Paul Claudel, Segalen ou Milosz [4] mais aussi de manière plus étonnante chez Rimbaud, dont on sait qu'il lisait et annotait la Bible du Maître de Sacy [5].

1. David, *Psaumes pénitentiels*, trad. Blaise de Vigenère, Paris, Orphée/La Différence, 1989, p. 20.

2. Olivier Jouslin, « Pascal poète en prose », *XVIIe siècle* 2003/4, nº 221, Presses Universitaires de France, p. 715-747.

3. Voir Philippe Sellier, « Rhétorique et apologie, "Dieu parle bien de Dieu" » [1979], repris dans *Port-Royal et la littérature*, I : *Pascal*, p. 117-126.

4. O. V. de L. Milosz, *Derniers poèmes, 1924-1937*, dans *Poésies,* II, Paris, André Silvaire, 1960.

5. Sur le lien entre Pascal et Arthur Rimbaud, cf. André Breton, *Arcane 17*, Paris, Le Livre de Poche, 1989, p. 18.

La poésie au risque de la religion

« Dieu est-il inconnu ?
Est-il manifeste comme le ciel ? Voilà
Ce que plutôt je crois. »

Hölderlin

Pourtant, malgré l'image d'un Orphée prophète d'une forme de culte ou devenu élève de Moïse rejetant le polythéisme, ou encore identifié au Christ, là où la religion règne et s'impose, la poésie est souvent en péril. Leur propos est autre. Alors que le Bouddha et le Christ n'écrivent rien, le poète est d'abord à l'écoute de la langue, dans une épreuve où la parole, la main et le souffle deviennent inséparables.

Leur risque n'est pas le même. La religion se fait nécessairement normes, comportements fixés, mise en conformité pour le pire comme pour le meilleur. Le poète ne peut rien faire sous la domination d'une autre force que celle de la poésie. Cette dernière « l'oblige à ne plus croire qu'en elle [1] », comme le constate par exemple Chalamov. Assigner à la poésie des sources et des buts qu'elle n'a pas, qu'elle ne saurait avoir – source divine, but divin – source

1. Varlam Chalamov, *Correspondance avec Boris Pasternak*, trad. Sophie Benech et Lily Denis, Paris, Arcades, Gallimard, 1991, p. 116.

sociale, but social, la récuse. « La poésie est poésie, libre, et seulement ça, ou elle n'est pas, ou elle cesse d'être, et sans le moindre soupçon de préoccupation morale [1]. »

Les religieux, quand ils ne la jugent pas comme un divertissement mondain et inutile, considèrent souvent que la poésie est en deçà de l'expérience spirituelle ou religieuse. Et si, au contraire, la poésie en était la plus juste nomination ?

Et si toute religion s'était déconsidérée pour avoir préféré le discours, le discours qui s'impose, la sécurité du savoir à la nudité extrême du cœur humain, dont seuls les poètes et les saints ne peuvent se détourner ?

Tel fut l'éclair que découvrit, parce qu'elle était poète, Emily Dickinson, confrontée pourtant à la religiosité la plus compassée, étroite, culpabilisante du puritanisme américain. Elle rejoint ainsi de manière surprenante les remarques de René Char :

> « La Bible est un Volume antique –
> Qu'on écrit des Hommes fanés
> Inspirés par des spectres saints –
> Les sujets : Bethléem,
> L'Éden – notre ancien Domaine –
> Satan – Général de Brigade –
> Judas – le Grand Délinquant,
> Et David – le Troubadour –
> Et le péché, gouffre distingué
> Auquel autrui doit résister –
> Les petits garçons « croyants » sont bien seuls ;
> Les autres sont « perdus ».
> Si cette histoire était contée
> Par quelques mélodieux trouvères
> Tous les petits garçons accourraient :
> Le sermon d'Orphée fascinait
> Il ne condamnait pas ! »

---

1. Pierre Reverdy, « Poésie à part, échec au poète », *Cette émotion appelée poésie*, Paris, Flammarion, 1974, p. 105.

Emily Dickinson porte à la parole la vérité secrète de l'Occident : la parole d'Orphée émeut et révèle, parce qu'elle parle en vérité, là où la religion entrave la parole et finit par la condamner.

La ressource du poète est de n'avoir pas le droit de mentir. L'homme religieux, tout particulièrement à notre époque, ment souvent. Il choisit de dire non à ce qu'il sait, à ce qu'il a éprouvé, à ce qui, en lui, fait signe, tant son expérience est singulière et lui fait peur. Il répète ce qui est d'avance connu, ce qui est même convenu. Or, à l'instant où un homme marche dans l'inauthenticité des calculs et du déjà connu, il a tordu le cou à la poésie. Il peut faire carrière, mais il ne touchera pas le rivage.

La poésie est travail de pointe dans l'épreuve la plus singulière, dans le sentir, dans l'expérience d'un instant à jamais unique : « Je ne veux pas, affirme ainsi Marina Zvétaieva, servir de tremplin aux idées des autres et de haut-parleur à des passions qui me sont étrangères [1]. »

On comprend que la religion s'oppose si souvent à la poésie, cherche à la museler. C'est ainsi que Lévinas déconsidère l'art – « qui a besoin du verbe de la critique et de l'exégèse philosophique, pour être rattaché à l'histoire, être situé dans le temps et intégrer le monde humain [2] ». Le beau ne peut être voué qu'au silence de l'être avant sa Révélation. La critique de Lévinas témoigne de cette formidable terreur que suscite, pour la plupart des hommes, la poésie. Elle le renvoie à son propre mystère. Elle ne le conduit pas, elle le laisse libre. Elle est pur commencement. Elle est en rapport à la source la plus féconde, et ce, indépendamment des constructions des hommes. Elle est an-historique et pourtant mémoire sans

1. Marina Tsvetaeva, *L'Art à la lumière de la conscience*, trad. V. Lossky, Cognac, Le temps qu'il fait, 1987, p. 74.

2. E. Lévinas, « La réalité et son ombre », *Les Temps modernes*, novembre 1948, n° 38.

faux-semblant. Ne pas comprendre que la poésie suscite irrévocablement un fort rejet, c'est ne rien comprendre de sa situation.

Pourtant, le poète est l'homme fidèle à la vraie religion – celle qui est partout niée, réduite à un discours (qu'il soit social, politique ou propre à une Église devenue une institution fermée sur elle-même). Il ne peut accepter le règne de cette religion sans religion, qui est, comme l'écrit Paul Claudel « quelque chose comme le vin sans alcool, le café sans caféine et le topinambour qui est le parent pauvre de la pomme de terre[1] ».

Que le poète soit empli d'une foi profonde ou non est donc sans importance. Cela ne change rien à l'affaire. Les lignes de démarcation dont l'on se sert habituellement sont ici vaines. L'important réside dans le fait que tout poète est par définition à l'écart de toute institution, un être qui creuse sa liberté, la risque absolument. Un des exemples les plus frappants est celui d'Hopkins qui quitta l'anglicanisme et se convertit au catholicisme, habité par une extraordinaire ferveur. Voulant entrer chez les Franciscains ou les Dominicains, J.H. Newman lui conseillera d'entrer plutôt dans la Compagnie de Jésus, où son tempérament si singulier lui paraissait pouvoir être plus facilement accepté. Ce contemporain de Mallarmé laissa à sa mort, à l'âge de quarante-cinq ans, une cinquantaine de poèmes qui déroutèrent son entourage par leur langage nouveau et audacieux. Sa poésie n'a pu s'écrire qu'à l'écart de son engagement religieux et entièrement libre par rapport à lui. Il fallut attendre 1918 pour qu'ils soient enfin publiés par son ami le poète Robert Bridges. Une des œuvres les plus importantes fut faite dans l'isolement et témoigne d'une épreuve de douleur difficile dont les *Dark Sonnets* si profondément tragiques témoignent.

---

1. Paul Claudel, *Réflexion sur la poésie*, Paris, Gallimard, 1963, p. 49.

V
LA POÉSIE DANS SON CONFLIT ET SA PROXIMITÉ AVEC LA PHILOSOPHIE

« Ce n'est pas d'aujourd'hui que date le différend de la philosophie et de la poésie. »

Platon, *République X*, 607b.

« En poésie, il vaut mieux avoir senti le frisson à propos d'une goutte d'eau qui tombe à terre et le communiquer, ce frisson, que d'exposer le meilleur programme d'entraide sociale[1]. »

Henri Michaux

1. Henri Michaux, « L'Avenir de la poésie », *Œuvres complètes I*, Paris, Gallimard, Bibl. de la Pléiade, 1998, p. 968.

La méchanceté de la philosophie

Enfin Heidegger vint et, le premier en Occident, permit à la philosophie une écoute altière de la poésie, de sa grandeur et de sa grande fragilité. Le plus improbable était survenu. Un philosophe, héritier de l'histoire immense de la philosophie, l'ayant traversée pieds et mains nues, reconnut à la poésie son ampleur propre et la considéra comme l'égale de la philosophie.

Ma conviction est que l'importance de Heidegger reste insoupçonnée, non pour les raisons généralement avancées, mais pour les raisons mêmes qui font que la poésie est inaudible et refusée.

Depuis la naissance même de la philosophie, un « différend », a opposé poésie et philosophie – et dont l'un des moments initiaux fut la façon dont Platon chassa de la République Homère non sans l'avoir auparavant couronné de fleurs. Depuis, les philosophes n'ont jamais regardé que de haut, parfois même avec mépris, la poésie. Pour eux, loin de la science et de l'effort de la raison, la poésie ne peut avoir qu'une place inférieure, liée à l'enfance de l'homme, enfance qu'il faut certes, peut-être, ne pas nier, mais qu'il faut maintenir à une place subalterne.

Comme le souligne Jean Lauxerois : ce différend permit à « la philosophie naissante de traiter d'égal à égal avec la poésie, et d'effacer la trace de son propre commencement pour mieux asseoir sa légitimité [1] ». En effet, avant Platon, la pensée et la poésie étaient unies, indissociées. La poésie est alors une pensée politique – comme en témoigne *La Théogonie* et *Les Travaux et les jours* d'Hésiode (VIIIe s. av. J.-C.) où apparaît une méditation de la *dikè* (la justice), qui servit de base à l'œuvre de Solon, le grand législateur de la démocratie athénienne à la fin du VIe siècle. De même, le théâtre, loin d'être une occupation culturelle, jouait un rôle prédominant à la fois de l'ordre de la religion – étant un culte à Dionysos – et fondement du sens même de la *polis*, de la vie en société. Pindare est un penseur d'une immense ampleur, nullement inférieur à Héraclite ou Empédocle.

Avec Platon, la philosophie s'est séparée de la poésie et a revendiqué être la seule à avoir un rapport soutenu et conséquent à la vérité. Homère n'a plus désormais l'autorité nécessaire pour établir une cité, car il ne sait pas ce qu'il dit et il émeut d'une façon désordonnée et sans raison. Le philosophe est désormais à même de dire à l'autre ce qu'il est et ce qu'il fait, mieux et autrement que lui. L'Occident à toujours été tenté par ce geste : chasser les poètes de la cité parce qu'ils sont ineptes à fonder l'essentiel que seule la philosophie, puis aujourd'hui, chez nous, la science, est à même d'assurer.

La philosophie est ainsi devenue sourde à la poésie, elle n'entend rien au chant d'Orphée. Platon évoque bien le poète dans *Le Banquet* (179 d) mais pour l'opposer à Alceste. Cette dernière eut tant d'amour pour son mari qu'elle accepta de mourir pour lui. Aussi, par une récompense des dieux, remonta-t-elle du fond des enfers : « Au contraire Orphée, fils d'Œagre, ils l'ont envoyé dans l'Hadès sans résultat car, s'ils lui montrèrent un fantôme

---

1. Jean Lauxerois in Platon, *Ion et autres textes, Poésie et philosophie*, Paris, Pocket, Agora, 2008, p. 10.

de la femme pour laquelle il était venu, elle-même ils ne la lui donnèrent pas. C'est qu'il semblait être faible puisqu'il était citharède, et il n'osait pas mourir pour l'amour comme Alceste, mais il machinait une entrée d'homme vivant dans l'Hadès. C'est bien pourquoi ils lui ont imposé un châtiment et ils l'ont fait mourir tué par des femmes. »

Texte étonnant car sur tous les vases de l'époque que l'on a trouvés, Orphée sort vainqueur des enfers et Platon est le seul à nous présenter une mise en échec du pouvoir surnaturel du poète [1]. Pour Platon, la possibilité d'émouvoir les dieux est une négation de l'éthique qu'il veut imposer. Il y revient dans *Les Lois* (908 d, 909 c) ; la poésie ne peut pas dire la vérité et son pouvoir est mince.

Après lui, dans la rigidité de sa pensée devenue doctrine, l'opposition entre poésie et philosophie devient confrontation entre raison et sentiment. Chez Platon, la perspective est plus subtile, le philosophe est encore à l'écoute des Muses – mais, selon lui, de manière bien plus juste que le poète. C'est dans la philosophie que se trouve la véritable musique, comme le dit Socrate (*Phédon* 61a). La philosophie, pour Platon, loin d'être cet étroit rationalisme qu'elle semble parfois aujourd'hui, accomplit donc le rêve poétique comme, pour lui, aucun poète ne le peut. Le poète est entièrement surmonté par la philosophie qui réalise son dessein mieux que lui.

Hölderlin et Rimbaud, Mallarmé et Saint-John Perse comme tant d'autres à l'âge moderne ont tenté de reconduire la poésie jusqu'à sa source originaire mise au jour dans le monde grec avant que Platon et la philosophie ne s'en emparent et la détournent. Ils tentent de retrouver la

1. *Orphée et Eurydice avant Virgile*, Mélanges d'archéologie et d'histoire de l'École française de Rome, fasc. I-V de la XLIXe année (1932), Paris, De Boccard, p. 17 sq.

grandeur initiale de la poésie que la philosophie a dévoyée. « Mais ce qui demeure les poètes le fondent », écrit ainsi Hölderlin à la fin du poème *Andenken* (*Mémoire*) Et Rimbaud dans sa *Lettre à Demeny*, affirme, se référant explicitement au monde grec : « La poésie ne rythmera plus l'action, elle sera en avant. » C'est pourquoi la poésie moderne a connu un sort aussi fulgurant. Le poète moderne n'est plus au service du pouvoir, de la religion ou de son propre moi isolé – non parce qu'il n'aurait plus de place dans la cité comme tant de commentateurs l'expliquent, mais d'abord parce qu'il est désormais pleinement en rapport à la vérité de son temps et à l'origine de la parole. Contrairement à l'idée si couramment admise que la poésie moderne est profondément marquée par la philosophie, au point même de devenir philosophique, je crois au contraire qu'elle s'est dégagée comme aucune autre depuis les temps premiers, de la philosophie. Elle s'est mise au contraire à l'écoute de l'initial de la parole, soucieuse d'être au service de ce seul appel.

Et Heidegger vint…

« Penseurs et poètes, ceux qui disent parce qu'ils sont en quête du sens et ceux qui, du seul fait qu'ils disent, sont saisis par lui. »

Martin Heidegger [1]

Heidegger est, avec Nietzsche, mais dans une toute autre perspective, le premier philosophe de l'histoire de l'Occident, depuis Héraclite, Empédocle ou Parménide, qui se pencha devant la poésie, comme devant ce qui, en sa grandeur, préserve le secret d'un chemin réel pour l'homme d'aujourd'hui. Il se mit à son écoute et sa lecture de Hölderlin lui ouvrit, à un moment décisif de son chemin de pensée, une direction cruciale [2]. Mais il fut aussi un lecteur époustouflant de Pindare, Sappho, Homère ou les grands tragiques – Eschyle et Sophocle – et de nombre de poètes modernes comme Rimbaud, Trakl, Rilke ou Celan.

1. Martin Heidegger, *Cours 1944*, trad. François Fédier, art. René Char, *Dictionnaire Martin Heidegger*, Robert Laffont, coll. Bouquins, 2011.

2. « Ma pensée se tient dans un rapport incontournable avec la poésie de Hölderlin. Mais Hölderlin n'est pas pour moi un poète quelconque dont l'œuvre serait comme celle de bien d'autres un sujet d'études pour les historiens de la littérature. Hölderlin est pour moi le poète qui fait signe en direction de l'avenir, le poète qui attend le dieu, et qui ne doit donc pas rester un simple objet d'études hölderlinennes… » Martin Heidegger, *Écrits politiques*, trad. François Fédier, Paris, Gallimard, 1995, p. 267.

Afin de mesurer l'importance de la pensée de Heidegger et réussir à en comprendre le sens, il faut oublier ce qu'en disent à peu près tous les commentateurs.

La chose est pourtant toute simple, Heidegger ouvre un véritable *dialogue* avec la poésie. Il ne tente nullement de définir une esthétique nouvelle, d'établir ce que doit être la poésie, ni même de chercher à la comprendre philosophiquement. Mais son dialogue, comme tout dialogue authentiquement amical, est un cheminement dans l'inconnu, qui s'ouvre à lui et le garde. C'est précisément ce souci, qui a frappé René Char, lorsqu'il rencontra le philosophe : « C'est bien la première fois qu'un homme de ce genre ne m'ait pas expliqué ce que je suis ni ce que je fais. »

Le philosophe a, en effet, très souvent la prétention d'en savoir infiniment plus que le commun des mortels, et de maîtriser pour ainsi dire d'emblée l'universalité du connaissable. Or voilà qui cesse d'être le cas pour Martin Heidegger qui travaille à l'intérieur de la philosophie à en reconnaître la limite, et ce travail lui donne la possibilité d'établir un rapport neuf et réel à la poésie.

Heidegger ne cherche pas à fonder une nouvelle philosophie, à créer un système, à inventer des concepts, mais tout au contraire, en se dégageant de la philosophie comme métaphysique, à redonner à la pensée une entente plus ample et originaire. Dans ce mouvement, Heidegger reconnaît que la poésie est, dans l'ordre de la pensée, d'un niveau tout aussi décisif que la philosophie. Leur différence abyssale n'est pas hiérarchique. La poésie, comme le sait tout poète en tant qu'il est poète, dit la vérité ! Ainsi « chanter et penser sont les deux souches voisines de la poésie ».

La question cependant pour Heidegger n'est pas « philosophie et poésie », comme il pourrait y avoir « philosophie et science », car la science naît du philosophique pour en être même aujourd'hui l'accomplissement. La poésie seule est une parole qui a trait à la vérité d'une manière tout autre, mais tout aussi décisive, que la philosophie et avec laquelle un dialogue peut donc s'ouvrir. Cette différence n'est pas aisée à comprendre. Elle s'est éclairée pour moi quand j'ai rencontré un vrai philosophe (non un historien de philosophie ou un homme habile à manier des concepts) et un authentique poète (non un littérateur professionnel). Or ce qui m'a frappé, c'est qu'il n'y avait rien de commun dans leur manière de parler, de considérer un verre, un arbre, ce qu'il en est de la justice ou de l'amour. La différence n'est pas réductible à une thèse, mais repose au premier chef sur une différence de ton, et par leur effort qui les porte, chacun, dans une direction différente. Le philosophe surplombe toujours un peu de ce dont il va parler pour le montrer dans une clarté à couper le souffle, tandis que le poète est traversé par ce dont il a à parler pour pouvoir en parler. En ce sens, la poésie est toujours pour une part initiatique, son auteur traversant le feu pour qu'un vers soit possible.

Le philosophe s'efface devant le phénomène, le laissant advenir, le recueillant dans son dire, là où le poète accueille intimement ce qu'il tente de nommer et l'aime, lui faisant même, en quelque sorte l'amour. Il fait l'épreuve la plus radicale de la singularité – singularité d'une goutte d'eau, de cette fleur-ci, de son sentiment, de son être même. Le philosophe, pour sa part, va droit au général, ce *par où* une chose est telle. Non cette fleur-ci, mais par où n'importe quelle fleur est fleur.

Heidegger tente de nommer cette différence en disant que le philosophe nomme l'être, tandis que le poète nomme le « sacré » au sens de ce qui est salutaire (*das Heilige*). Remarque inouïe.

Nombre de poètes – d'Antonio Machado à Saint-John Perse, de George Oppen à Paul Celan, ou encore René Char – ont lu souvent intensément Martin Heidegger. Au point par exemple qu'Antonio Machado note en 1937 dans son livre *Juan de Mareina* : « Pour pénétrer au cœur de l'être, il n'y a pas d'autre passage que l'existence de l'homme, être au monde et être dans le temps… Telle est la note profondément lyrique qui ne cessera plus de conduire les poètes à la philosophie de Heidegger tout comme les papillons vers la lumière. »

Le phénomène est surprenant. Mais ne nous trompons pas, les poètes n'ont pas fait de la philosophie auprès de Heidegger, mais ils ont cherché, à son écoute, à retrouver le site de la poésie.

Car pourtant la poésie dit la vérité !

> « Les vérités de la science sont moins durables que les vérités de l'art ; en outre, la science n'a pas de contenu spirituel, alors que l'art en a un. »
>
> Varlam Chalamov [1]

Quel est ce site propre à la poésie que révèle Martin Heidegger et qui a été peu à peu oublié ? La parole.

Martin Heidegger remet en question la compréhension commune selon laquelle les mots ont à signifier quelque chose et à transmettre un sens. En vérité, ils se font « paroles » quand ils disent, non quand ils qualifient, ou déterminent. Comme le rappelle E. E. Cummings : « La poésie ne signifie ni s'insignifie rien, elle EST. » Autrement dit, c'est dans le mot, dans la parole qu'adviennent et que sont les choses. Cette entente de la parole comme dire implique, écrit Hadrien France-Lanord, « un abandon de la conception métaphysique de la langue comme outil ou symbole se superposant de façon plus ou moins opacifiante au monde, ainsi que de la conception linguistique qui en est issue où, dans l'articulation du signifiant et du

1. Varlam Chalamov, *Correspondance avec Boris Pasternak*, trad. Sophie Benech et Lily Denis, Paris, Arcades, Gallimard, 1991, p. 91.

signifié, mots et sens sont scindés d'une manière irrémédiable et dont Heidegger nous aura appris qu'elle n'est pas sans conséquence pour l'être même de l'homme [1]. »

Cet effort est proprement abyssal, car il repose sur une mise en cause du présupposé catégorial de la conception métaphysique de la langue qui nous est devenu si coutumier. Nous parlons tous, excepté le poète, catégorialement, en utilisant des mots comme des énoncés portant sur un étant. Or, nous montre Heidegger, tout au contraire, la parole « est la dimension au sein de laquelle se tient l'existence ».

Pour nous, soit la langue parle par généralités ou concepts – ce que j'ai nommé l'ordre du discours –, soit subjectivement – comme ex-pression de mes états d'âme –, mais rarement comme parole qui en elle-même parle. En un sens, l'enfant disant d'un chat qu'il rencontre « regarde, le miaou miaou », est bien plus proche de la vérité de la parole que le professeur d'université faisant un cours sur le langage, car il dit tout aussi bien le chat, son rapport à l'animal, sa joie et sa curiosité qu'il a de parler. Il entre dans la parole qui est, pour tout être humain, la possibilité d'avoir rapport à son être, de se dire et d'être au monde.

C'est cette entente qui frappa Paul Celan confiant, un mois avant sa mort, à Clemens von Podewils : « À la différence de ceux que sa manière de parler offusque, je vois en Heidegger celui qui a fait regagner à la langue sa "limpidité". » La limpidité de la langue, voilà ce qui nous fait tous si profondément défaut, au point même de nous rendre le monde irrespirable.

---

1. Hadrien France-Lanord, art. Paul Celan, *Dictionnaire Martin Heidegger*, Robert Laffont, coll. Bouquins, 2011.

Ce que Heidegger a ainsi reconnu, c'est que la poésie, loin d'être une façon de faire des vers plaisants, de jouer avec les mots, d'exprimer ses souffrances et problèmes psychologiques, nous dit quelque chose d'absolument essentiel quant à notre propre être et à la possibilité de vivre ensemble sur cette terre.

VI
LE RYTHME, LE MOT ET L'IMAGE

« C'est la parole qui engendre la pensée, car elle dépasse l'esprit humain qui n'en est que l'esclave… Or les lois de l'esprit sont métriques. Quand la pensée ne peut plus se traduire qu'à travers le rythme, que le rythme est devenu son unique mode d'expression, alors seulement il y a poésie. »

Hölderlin

« Quel est donc l'imbécile (c'est peut-être un homme célèbre) qui traite si légèrement le sonnet et n'en voit pas la beauté pythagorique ? Parce que la forme est contraignante, l'idée jaillit plus intense. »

Baudelaire (Lettre du 18 février 1860,
à Armand Fraisse)

Les deux modes de la parole les plus éloignés de la poésie sont le bavardage et le discours.

Le bavardage s'épuise en vain. Il se déploie pour rien, pour ne rien dire, sans le moindre souci de précision, niant la possibilité de parler pour de bon, de se rencontrer dans cette immensité où parfois les hommes s'accomplissent.

Le discours empêche toute parole de s'adresser pour de bon à quelqu'un. Il tourne sur lui-même, gonfle, impressionne et nous use. Comme l'écrivit Wallace Stevens dans *Adagia* : « La pensée est une infection. Dans le cas de certaines pensées, elle devient une épidémie. En poésie, c'est la vie qu'on s'efforce de faire passer[1]. » Le discours utilise les mots, la poésie les écoute et les sert. Car pour le poète, les mots sont vivants. Comme le souligne Octavio Paz : « La langue est un complexe d'êtres vivants, mus par des rythmes semblables à ceux qui gouvernent astres et plantes[2]. »

Du bavardage et du discours, le pire est le discours, car, dans le bavardage, si rien ne se dit, le plaisir de dire permet encore parfois que quelque chose se montre, par

1. Wallace Stevens, « Adagia » in *À l'instant de quitter la pièce*, trad. Claire Malroux, Paris, José Corti, 2006, p. 150.

2. Octavio Paz, *L'Art et la lyre*, trad. Roger Munier, Paris, Gallimard, 2009, p. 62.

exemple du lien entre ceux qui parlent. Le discours rend le monde invivable. Clôt l'oubli sur lui-même.

La poésie est vivante d'abord parce qu'elle est rythme. Platon dans *Les Lois* (653 d sqq.) témoigne de cette entente : « La jeunesse ne peut rester tranquille et silencieuse. Il lui faut toujours bouger et parler. Les uns se complaisent alors aux sauts et gambades ; ils dansent presque, ils se provoquent. Les autres mènent grand bruit. Mais alors que les autres vivants n'ont aucune intelligence de la mesure qu'il y a dans les mouvements, c'est-à-dire dans le rythme et dans l'harmonie, au contraire ce sentiment et le plaisir qu'il procure nous ont été donnés en partage, à nous hommes, par ces dieux-là que le ciel nous a envoyés comme compagnons : ce sont eux qui guident ainsi nos mouvements, et qui mènent nos rondes en nous unissant par le lien des danses et des chants. » Toute poésie est l'écoute de la musique comme rythme et parole, rapport de mouvements ordonnés. Telle est la raison qui conduit Luc Benoist à rappeler que : « Une tradition islamique nous rapporte qu'au Paradis Adam parlait en vers, dans une langue rythmée qui avait été jusque-là le privilège des dieux, des anges et de leurs symboles angéliques "les oiseaux"[1]. » On retrouve cette légende jusque dans les Védas. La langue primordiale y est appelée langue « syriaque » ou solaire, langue d'une Syrie originelle. Le rythme premier de la parole est en relation avec celui qui forme l'ossature nombrée de la nature entière depuis son fond le plus intime jusqu'à ses plus lointaines limites : « C'est une des raisons pour lesquelles les livres sacrés sont écrits en langage rythmé[2]. »

---

1. Luc Benoist, *Signe, symboles et mythes*, Paris, P.U.F., Que sais-je ? n° 1605, 1975, p. 28.

2. René Guénon, *Symboles fondamentaux de la Science Sacrée*, Paris, éd. Gallimard, 1962, p. 77.

Le rythme

> « Sa façon de réciter était plus que rythmée. Il ne scandait pas, il chantait comme un sorcier possédé par une vision. Il chantait sans retenue, haussant la voix jusqu'au cri sur les syllabes accentuées. »
>
> Elena Tager évoquant une lecture d'Ossip Mandelstam [1]

> « Ni la bouche maîtresse des mots, ni le discours dicté par les dieux sûrs. Une loi rigoureuse, pourtant, règne. Toute sécurité retirée. Respiration octroyée par la grâce de l'irrespirable. »
>
> Jean Starobinsky, note prise durant une lecture publique de Paul Celan [2]

Je cite en exergue ces deux témoignages parce que la lecture que fait un poète est un événement. Les quelques fois où j'ai assisté à un tel moment, j'ai été saisi au plus secret de mon existence et la remarque de Wallace Stevens « On lit la poésie avec ses nerfs » m'est apparue alors

1. Cité in Nikita Struve, *Ossip Mandelstam*, Institut d'Études slaves, Paris, 1982, p. 262.
2. Jean Starobinsky, « Lecture publique », *Revue de Belles-Lettres*, n° 2-3, Genève, 1972, p. 99.

comme étant pure vérité [1]. Ce fut, chaque fois, une expérience très troublante et je recommande au lecteur d'aller sur quelques sites Internet où l'on peut écouter par exemple des lectures de George Oppen, de Cummings, ou de Paul Celan pour citer celles qui m'ont particulièrement frappées. Il risque de ne jamais s'en remettre, et ce, même s'il ne connaît pas un mot d'anglais ou d'allemand.

Ce qu'on y entend, c'est la puissance du rythme qui secoue l'être jusqu'à ses assises les plus profondes. Évoquer ce thème, comme on le fait habituellement, de façon technique, à l'aide d'un vocabulaire abscons, est malheureux, car rien n'est plus concret, physique, émotionnel que le rythme. Essayons de tout reprendre à neuf.

Paul Claudel donne l'une des plus convaincantes et simples explications du rythme : « l'expression sonore se déploie dans le temps et par conséquent est soumise au contrôle d'un instrument de mesure, d'un compteur. Cet instrument est le métronome intérieur que nous portons dans notre poitrine, le coup de notre pompe de vie, le cœur qui dit indéfiniment :

> Un. Un. Un. Un. Un. Un.
> Pan (rien). Pan (rien). Pan (rien).

L'iambe fondamental, un *temps* faible et un *temps* fort.

Et d'autre part la matière sonore nous est fournie par l'air vital qu'absorbe et que restitue notre appareil à parler qui le façonne en une émission de mots intelligible [2]. »

Au cœur et au souffle, il faut enfin adjoindre le mouvement du pied, la rythmique étant perçue par le corps et ce qu'on nomme à juste titre le « pied » d'un vers qui est

1. Wallace Stevens, « Adagia » in *À l'instant de quitter la pièce*, trad. Claire Malroux, Paris, José Corti, 2006, p. 154.

2. Paul Claudel, *Réflexion sur la poésie*, Paris, Gallimard, 1963, p. 13.

en réalité un pas. Le rythme est donc le jeu du battement de cœur, du mouvement du souffle et le pas. Rien de plus concret !

La poésie parce qu'elle est au premier chef une question de rythme – et non de militantisme social ou religieux, idéologique ou intellectuel – nous concerne au plus vif de notre corps. C'est en ce sens que le témoignage de Maïakovski est si éclairant. Il nous déniaise de la compréhension obtuse de la poésie : « Je marche les bras ballants, en grognant tout doucement, encore presque sans paroles, et tantôt je raccourcis le pas pour ne pas déranger le grognement, tantôt je me mets à grognasser plus rapidement, en mesure avec mes pas. Ainsi est raboté et prend forme le rythme, la base de toute œuvre poétique, qui la traverse d'une rumeur. Peu à peu, on se met à tirer de cette rumeur des mots [1]. »

L'étonnante singularité de la poésie grecque

Dans la poésie grecque, le rythme se fait par une combinaison précise de longues et de brèves. À la différence de nos langues occidentales, et de manière que nous pouvons à peine concevoir, le vers grec est entièrement musical : « Le temps réel des syllabes confère au mot une fermeté proprement corporelle en représentant au sein du mot une réalité indifférente à la langue proprement dite [2]. » Nous, nous pouvons accentuer notre langue selon ce que nous voulons dire, et prononcer une même phrase avec un ton tout à fait différent selon ce que nous voulons exprimer. En grec ancien, la langue est par avance accen-

1. Maïakovski, « Comment faire des vers » cité in Jacques Charpier et Pierre Seghers, *L'Art poétique*, Paris, Seghers, 1956, p. 535.

2. Thrasybulos Georgiades, « Musique et rythme », trad. Dominique Saatjian in Po&sie 20, 1981, p. 87.

tuée : « Le mot avait sa propre volonté rythmique qui n'obéissait pas à la volonté de parler du sujet. Le mot menait donc aussi une vie indépendante de la faculté humaine de parler, il disposait d'une substance propre qui s'opposait pour ainsi dire d'elle-même au grec [1]. » Le rapport des syllabes longues aux syllabes brèves était à ce point fixé que les mots devenaient comme des pierres d'une mosaïque formant des figures immobiles, ne se laissant à aucun prix moduler. Ce qui, explique Thrasybulos Georgiades, conduit à une présence physique du spirituel, le mot grec ancien nous faisant face en tant que réalité achevée : « Lorsque Pindare prie la ville d'Agrigente, à laquelle il s'adresse en même temps comme à un être vivant, de recevoir le chanteur avec la couronne de la victoire, on a l'impression que la parole provoque ce qu'elle dit. Elle fait de sorte que la prière s'en trouve exaucée, elle a une force d'adjuration. » Sans doute faut-il attendre Rimbaud, Mallarmé ou Rilke pour qu'une telle aspiration hante à nouveau la poésie.

Métrique anglo-saxonne et métrique française

La question de l'accent tonique est l'une des plus importantes de la poésie puisqu'elle signe, pour nombre de langues l'élément le plus décisif de la modulation de la voix. En France, comme nous n'avons pas d'accent tonique, notre scansion s'est appuyée sur le décompte des pieds et sur la rime.

Il suffit de rappeler ce fait pour que la manière dont nous avons pris l'habitude d'étudier la poésie apparaisse étrange, car les règles que nous prenons comme canoniques ne sont liées qu'à quelques siècles – du XVIIe au

1. Thrasybulos Georgiades, « Musique et rythme », trad. Dominique Saatjian in Po&sie 20, 1981, p. 87.

XIXe siècle – et au destin de la langue française. En grec ancien par exemple, langue pourtant si rythmée, il n'y a pas de rime.

On ne comprend rien à ce qu'est la poésie tant qu'on ne prend pas l'alexandrin et le décompte des pieds pour un cas particulier d'un phénomène bien plus ample. Et il serait souhaitable de présenter les règles de versification aux élèves, en leur montrant un exemple de poème grec, américain, russe, pour qu'ils sentent que l'essentiel est l'écoute émerveillée de la parole qui, par son seul rythme parle – même si c'est à chaque fois dans des modalités très diverses.

En français, la quantité – le fait qu'il existe des syllabes brèves ou longues – existe bien, mais d'une manière très singulière : l'élément long est la dernière syllabe du phonème et l'élément bref un nombre indéterminé pouvant aller jusqu'à cinq ou six. Ce qui devrait nous faire comprendre que notre alexandrin n'est pas un simple décompte de pieds.

Écouter le rythme

Émile Benveniste souligne que, à l'origine, le terme de rythme ne signifiait nullement la mesure dans le sens d'un va-et-vient régulier, mais désignait au contraire : « la forme dans l'instant qu'elle est assumée par ce qui est mouvant, mobile, fluide, la forme de ce qui n'a pas de consistance organique [...] C'est la forme improvisée, momentanée, modifiable[1]. » C'est en ce sens qu'Arno Holz dit : « Je cassais la métrique et mettais à sa place son exact opposé diamétral. À savoir la rythmique. C'est-

1. Émile Benveniste, « La notion de rythme dans son expression linguistique » in *Problèmes de linguistique générale*, t. 1, Paris, Gallimard, 1976, p. 327-335.

à-dire : la plus compliquée nécessité permanente qui naît constamment des choses [1]. »

Un poème est d'abord une question de rythme, et non de mètre. Le rythme dépend du souffle, du mouvement de la vie en nous qui est plus ou moins court, vif, alerte, mais aussi de la marche, du rythme des pas, ce qui conduit Mandelstam à affirmer : « Le pied du vers – inspiration et expiration – est un pas [2]. » Toute étude de la poésie qui ne se met pas au premier chef à l'écoute du souffle du poème et de son geste, en manque la véritable portée.

Les remarques de Williams répondant en 1958 à Edith Heal sur la brièveté de nombre de ses poèmes sont particulièrement frappantes : « Lorsque j'arrivais à la fin d'une séquence rythmique (pas nécessairement une phrase) je refermais le vers [...] La séquence rythmique se présentait le plus souvent à moi à travers une poussée lyrique. Je voulais qu'elle conservât cette allure à la page. Si je ne me suis pas laissé aller à un phrasé ample, c'est en raison de ma nature nerveuse. J'en étais incapable. Le tempo était celui du discours, un tempo nerveux parce que j'étais en proie à une excitation lorsque j'écrivais. Les vers étaient brefs, sans que ce fût délibéré [3]. » La vérité du rythme n'est pas une technique de prosodie, mais d'abord l'écoute du rythme intérieur et de la respiration propre à chacun. Et l'on reconnaît un grand poète d'abord à la présence évidente du rythme qui est le sien. Notre propre corps, nos sensations, le monde tout entier sont alors animés par ce rythme et nous demeurons, même une fois le livre refermé, en lui. Il nous tient désormais et semble

1. Cité in Marko Pajevic, « Les arts de la parole entre les deux guerres (Stramm, Ball, Hausmann, Blümner, Schwitters) et la question du sens », in *Poésie et musicalité*, Paris, L'Harmattan, 2007, p. 126.

2. Ossip. E. Mandelstam, *Entretien sur Dante*, trad. Louis Martinez, Lausanne, L'Âge d'Homme, 1977, p. 12.

3. William Carlos Williams, *I wanted to write a poem*, cité in *Asphodèle*, trad. Alain Pailler, Paris, Orphée/La Différence, 1991, p. 106.

à la fois notre propre colonne vertébrale et l'espace où nous sommes.

Le rythme est donc une forme de logique – si l'on entend que ce terme, pour l'Occident, est le nom de la parole vraie. C'est en ce sens qu'Hölderlin parle de « logique poétique », qui ne se dit pas comme en philosophie mais « en mots et en certaines tensions entre les mots ». Rien n'est plus erroné que de croire qu'il s'agit là du caprice ou du jeu inventif d'un homme. La poésie repose sur une logique qui lui est propre, au point que Baudelaire peut dire : « Il y a dans le mot, dans le verbe, quelque chose de sacré qui nous défend d'en faire un jeu de hasard. Manier savamment une langue, c'est pratiquer une espèce de sorcellerie évocatoire [1]. »

Dans le rythme s'unifie le monde moral et le monde physique. Tout se répond en un jeu d'accords et de tensions. Dans une lettre, Hopkins, parlant de son poème *Déchiffré des feuilles de la Sybille*, explique : « À propos de ce long sonnet, souvenez-vous de ce qui s'applique à l'ensemble de mes vers, à savoir qu'ils sont faits (comme dans tout art vivant) pour être interprétés, et donc que la lecture des yeux ne suffit pas : il y faut une récitation haute, tranquille, poétique (non rhétorique), avec de longues pauses, de longs arrêts sur la rime et les autres syllabes accentuées. Ce sonnet devrait presque être chanté : il est très soigneusement rythmé *tempo rubato* [2]. »

Telle est la vérité de la poésie, contrairement à tant d'idées reçues et aux exercices scolaires qu'on impose aux malheureux écoliers. Un poète est saisi par un rythme qui lui dicte son poème. Le poète ne se met pas au travail,

1. Charles Baudelaire, in « Théophile Gautier », *Œuvres complètes*, t. I. Paris, Gallimard, Bibl. de la Pléiade, 1975.

2. Cité in Hopkins, *Grandeur de Dieu et autres poètes*, trad. Jean Mambrino, Caen, éd. Nous, 1999, p. 89.

animé du projet de communiquer un sentiment ou une idée, mais d'abord parce qu'il est traversé par une impression « ardente et muette qui détermine, écrit Chalamov, son état d'âme. Elle surgit en lui selon un rythme dicté par sa nature même [1]. »

1. Varlam Chalamov, *Correspondance avec Boris Pasternak*, trad. Sophie Benech et Lily Denis, Paris, Arcades, Gallimard, 1991, p. 56.

Le mètre, la rime, la forme et le sens

> « Un homme n'est pas poète parce qu'il écrit des vers ; mais un homme écrit des vers, autrement dit, met en harmonie les paroles et les sons parce qu'il est lui-même fils de l'harmonie, parce qu'il est poète. »
>
> Alexandre Blok

> « La structure de la rime, elle est dans la rigueur et la répétition des arbres luttant contre l'apparent remous des vents côtiers, dans les affleurements élevés et striés du granite, définissant les phrases de la puissance et de l'outil. »
>
> Robert Duncan [1]

On se trompe beaucoup, en prenant la forme de la poésie crispée du XIXe siècle – siècle de la grande fatigue et du délabrement de l'Occident, qui est selon Claudel une « lande pleine de ruines et de fouilles [2] » – pour la vérité de la poésie. La grande poésie de Sappho, de Pindare puis de Dante est bien plus une fête qu'une marche militaire.

1. Cité et traduit in Yves di Manno, *Objets d'Amérique*, Paris, José Corti, 2009, p. 84.
2. Paul Claudel, *Réflexion sur la poésie*, Paris, Gallimard, 1963, p. 53.

Et la modernité a découvert que la poésie résidait d'abord hors de la poésie instituée et scolaire. Le poète, selon une magnifique formulation de Perse, « sort de ses chambres millénaires » et « monte aux remparts » en compagnie du vent[1].

Lorsque la poésie quitte la musique et entre du côté de la rhétorique, au point qu'au XIVe siècle on finit même par parler d'« art de rhétorique seconde » ou de « rhétorique métrifiée » pour désignée l'art poétique, ce n'est nullement un signe d'accomplissement. La rhétorique signe, en un sens, un retrait de la poésie comme souffle de vie. Comme l'écrit si justement Wallace Stevens : « La poésie est un faisan qui disparaît dans le buisson. » Autant le savoir.

Le problème vient de notre mécompréhension de la « forme ». Elle est à la fois sans aucune importance et rien d'autre ne compte pour le poète, comme Marina Zvétaieva en témoigne : « Comment moi, poète, c'est-à-dire un être d'essentiel, pourrais-je me laisser séduire par la forme. Si l'essentiel me séduit, la forme viendra d'elle-même. Et elle vient. Et elle continuera encore à venir, j'en suis convaincue. La forme est exigée par un essentiel donné et je capte à l'oreille, syllabe après syllabe. Sculpter une forme pour la remplir ensuite ! Mais voyons, ce n'est pas un moulage de plâtre ! Non, je suis séduite par l'essentiel, ensuite je l'incarne. Voilà ce qu'est un poète[2]. »

Être à l'écoute d'un souffle ou travailler sur la forme pour que le souffle se déploie revient au même.

1. Saint-John Perse, « Vents », *Œuvres complètes*, Paris, éd. Gallimard, Bibl. de la Pléiade, 1972, p. 224.

2. Marina Tsvetaeva, *Le Poète et la critique*, trad. V. Lossky, Cognac, Le temps qu'il fait, 1989, p. 75.

C'est seulement une fois compris le sens du rythme et de la forme comme visage de l'essentiel qu'il est possible d'évoquer la rime.

Celle-ci n'est certes pas un élément extérieur qui contreviendrait à la liberté du poète. Comme l'écrit le poète russe Chalamov, elle « n'est pas seulement l'armature et la serrure du vers, elle n'est pas seulement la pièce maîtresse, la clef de l'harmonie : elle est – et c'est sa principale raison d'être – un instrument servant à la recherche des comparaisons, des métaphores, des pensées, des inversions, des images, un aimant puissant pointé vers les ténèbres et survolé par l'univers entier, ne déposant dans l'univers entier, ne déposant dans le poème qu'une infime partie de ce qu'il a attiré. La rime est l'instrument du choix, l'outil de la pensée poétique et de la connaissance du monde, une "maille" de ce filet de pêcheur qu'est le poème [1] ». Au sens premier, elle est une façon de garder mémoire, de créer dans l'esprit du lecteur « un état de facilité et de bonheur. Il est porté en avant sans effort par un mouvement attendu auquel il n'y a qu'à s'abandonner [2] ». Mais comme le souligne ailleurs Claudel : « Le vers est une ligne qui s'arrête, non parce qu'il est arrivé à une frontière matérielle et que l'espace lui manque, mais parce que son chiffre intérieur est accompli et que sa vertu est consommée [3]. »

En ce sens, nombre de ce que l'on nomme des « vers » n'en sont pas, tant domine l'élément mécanique plutôt que la cohérence interne, l'habitude plutôt qu'une façon de garder vivant l'inconnu.

1. Varlam Chalamov, *Correspondance avec Boris Pasternak*, trad. Sophie Benech et Lily Denis, Paris, Arcades, Gallimard, 1991, p. 43.

2. Paul Claudel, *Réflexion sur la poésie*, Paris, Gallimard, 1963, p. 15.

3. Paul Claudel, *La Philosophie du livre*, Paris, 1926, A. A. M. Stols.

Le classicisme

« … mon cœur hors de lui-même
S'oublie et se souvient seulement qu'il vous aime. »

Racine, *Bérénice*

Impossible d'évoquer le sens du vers sans évoquer le classicisme qui en a donné un des plus beaux usages, tout particulièrement en France avec l'alexandrin, un des grands moments de la poésie française. Ce vers marqué par une césure en son milieu, qui le décompose en deux hémistiches, est une merveille de mesure.

Cependant, l'alexandrin, loin d'être le vers français, s'est imposé tardivement. Au Moyen Âge, le vers dominant est le décasyllabe employé par exemple dans *La Chanson de Roland* dont voici le dernier vers :

« Ci falt la gest que Turold declinet »
(Ici finit l'épopée que Turold raconte).

Ou encore chez François Villon dans sa *Ballade des Pendus* :

« Frères humains qui après nous vivez
N'ayez les cœurs contre nous endurcis... »

La césure se plaçant après la quatrième syllabe, ce vers est fait d'une contraction initiale puis d'une expansion dans le second hémistiche qui lui donne toute son énergie.

L'alexandrin, beaucoup plus ordonné, car coupé au milieu, apparaît pour la première fois dans le *Roman d'Alexandre* (XIIe s.) – d'où son nom – mais, au XIVe siècle, le décasyllabe est encore si populaire qu'on l'appelle le « vers commun ». C'est seulement au XVIIe siècle que l'alexandrin triomphe définitivement. Malherbe (vers

1620) en fixe les règles d'usage et Boileau les impose (vers 1680). Le décasyllabe survit cependant dans la poésie amoureuse, chez La Fontaine, parfois chez Baudelaire, et retrouve avec Verlaine un nouveau souffle, avant d'inspirer Valéry dans *Le Cimetière marin.*

L'alexandrin est le vers de la stabilité par excellence, mû par une « espèce d'autorité immobile ». Il trouve son acmé à une époque où règne une conception stable de l'univers et du discours dont il témoigne. Mais comme le souligne, avec provocation mais non sans raison, Paul Claudel : « Les grands poètes français, les grands créateurs ne s'appellent par Malherbe ou Despréaux ou Voltaire, ni même Racine, André Chénier, Baudelaire ou Mallarmé. Ils s'appellent Rabelais, Pascal, Bossuet, Saint-Simon, Chateaubriand, Honoré de Balzac, Michelet[1]. » Auxquels il faudrait ajouter l'extraordinaire Jules Renard des *Histoires naturelles.* Pour Claudel en effet, la rime et l'alexandrin contraignent la langue qui « garde quelque chose de grisâtre et de poussiéreux », et perd le sens du véritable rythme : « La rime superstitieusement respectée met la doublure à la place du vêtement. » Tel est l'une des raisons qui lui font considérer Rimbaud comme un phénomène inouï : il libère le français en son rythme le plus juste et réel.

On se trompe cependant sur le classicisme en en faisant une norme tendue vers une sorte de perfection alors que, comme le souligne Francis Ponge : « Il me paraît très sûr que la simplicité n'est appréciable que conquise sur la complexité, comme la clarté sur l'obscur [...] De même, il est tout à fait sûr que la véritable grâce n'est qu'une rigueur finement articulée[2]. » En ce sens, la modernité nous apprend à relire les classiques dans la vérité de leur

1. Paul Claudel, *Réflexion sur la poésie*, Paris, Gallimard, 1963, p. 88.

2. Francis Ponge, « La société du génie », in *Méthodes*, Paris, Gallimard, 1961, p. 175.

tension poétique et de leur risque éminent, que les commentateurs scolaires nous ont fait oublier.

Le souci du classique est de toucher à une totalité homogène qui semble obéir à des règles. Dès lors, comme le souligne Jean-Paul Savignac, « le ton s'affirme, et la litote et les tropes en proscrivant l'expression naïve, particulière, de l'émotion veillent au maintien de ce Tout ordonné[1] ». Ce travail implique de ne pas se montrer et tout l'effort classique est l'art d'évoquer plutôt que de montrer. C'est en effet que « le Classique ne peut pas regarder les Dieux en face, ni le Roi. Son humilité l'amène, quand il baisse les yeux, à rompre avec le Divin. Mais son effet à être digne de son écoute l'entraîne à l'imiter sans le voir. »

Le vers moderne

« Le moderne a sa loyauté propre. »
François Fédier

Imagine-t-on aujourd'hui une société qui n'aurait jamais entendu parler, ou à peine, d'Homère, des troubadours, de *La Divine Comédie* ? Telle est la situation à la veille de la Première Guerre mondiale, avant qu'Ezra Pound et quelques autres les redécouvrent.

La modernité, loin d'avoir fait table rase avec le passé, – ce qui est évidemment impossible – a d'abord retrouvé un rapport plus réel à son histoire en se dégageant d'un ensemble d'évidences qui s'étaient imposées, sans raison, comme vérité. La poésie avait fini par se fossiliser et se détourner d'elle-même. Ce qui frappe dans les remarques de Claudel, c'est que sa critique du vers classique,

1. Jean-Paul Savignac, *Le Mythe antique, pourpre et ors*, Paris, éd. de La Différence, 2008, p. 93.

« bibelots d'étagère, sujets de pendule, souvenirs de Dieppe... », ne se fait pas au nom d'un vers libre de toute règle, mais au contraire pour retrouver un rapport au rythme plus rigoureux. La modernité est d'abord cet engagement comme en témoigne courageusement le poète Yves di Manno qui a tant fait pour traduire et faire connaître en France la grande poésie américaine : « L'exigence formelle en poésie est impérative, centrale, fondatrice. C'est-à-dire qu'on ne peut pas prétendre en faire l'économie. C'est-à-dire qu'on ne peut pas prétendre en faire l'économie, dans la composition du poème, sauf à retomber sous le couvert du vers "libre" ou d'une prose sans squelette dans les travers d'une dictée hagarde – "inconsciente", incontrôlée – dont on voit bien les ravages qu'elle continue de faire, rameutée par les nouveaux prophètes d'une écriture visant un prétendu dépassement des genres et réfutant par principe l'intangible nécessité du vers [1]. »

C'est cette constatation qui est au cœur de la poésie moderne américaine comme en témoignent ces propos de William Carlos Williams : « Mon insatisfaction par rapport au vers libre est devenue plus critique dans le sens où j'avais toujours voulu un agencement rigoureux des vers, alors l'idée m'est venue que le concept même de pied devrait changer dans notre nouveau monde relativiste. [...] Le pied qui n'est pas fixe est à décrire simplement comme variable. Si le pied lui-même est variable, alors il peut avoir un ordre à l'intérieur du prétendu vers libre : seulement il n'est plus libre mais variable, comme le sont les choses de la vie [2]. » Remarque qui rejoint la surprenante assertion de Léon-Paul Fargue : « Si le vers régulier vous abîme les pieds, faites-vous un vers à votre mesure [3]. »

1. Yves di Manno, *Objets d'Amérique*, Paris, José Corti, 2009, p. 52.

2. William Carlos Williams, *Je voulais écrire un poème*, trad. Valérie Rouzeau, éd. Unes, 2000, p. 96, sq.

3. Léon-Paul Fargue, *Suite familière*, Paris, Nouvelle Revue Française, 1929.

Le mot et l'image

> « La langue est la mère, non la fille de la pensée. »
>
> Karl Krauss

> « La poésie, c'est vrai, donne à quelqu'un comme aucune autre activité à mon sens la mémoire de sa propre langue. »
>
> Jacques Roubaud, *Poésie, etcetera : ménage*

Roger Caillois, cherchant à saisir ce qu'est la poésie, finit par conclure que l'image est « le fondement quasi permanent de la poésie, comme sa caractéristique institutionnelle, plus fréquente et plus répandue que la rime et la cadence, que le nombre ou la quantité des syllabes, en un mot plus distinctive que quelque obligation métrique que ce fût, puisque grâce à elle la poésie surgissait aussi en prose [1] ». Bien sûr, souligne Roger Caillois, il est essentiel que l'image ne soit ni arbitraire ni convenue et banale – et ce, contre Borges qui expliquait ne faire confiance, pour sa part, qu'aux comparaisons sûres, « celles qui correspondent à des affinités intimes et évidentes et que notre

1. Roger Caillois, « *Reconnaissance à Saint-John Perse* » in Approches de la poésie, Gallimard, 1978, p. 224.

imagination a acceptées, la vieillesse des hommes et le crépuscule, les rêves et la vie, le temps qui passe et l'eau ». L'image est poème quand elle nous expose au réel en faisant se dissoudre le mur de la réalité commune. Ce fut déjà, à l'aurore, le génie d'un Pindare qui, comme le souligne son héroïque traducteur, Jean-Paul Savignac, nous fait ainsi entrer dans une expérience de surnature. Quand Pindare évoque Apollon « or-chevelu », il ne dit pas que les cheveux d'Apollon sont dorés comme l'or, mais fait apparaître un nouveau phénomène. Ce phénomène de l'image est indiscutable si l'on réussit à entendre l'image comme ce qui fait voir, ce qui montre – et non comme une construction hasardeuse ou esthétique.

L'image rassemble les horizons les plus distincts, elle marie ce qui était séparé et nous rend ainsi le monde plus habitable. Dans une conférence que fit García Lorca (1898-1936) sur l'image poétique chez Don Luis de Góngora (1561-1627), il cite ces vers de la première *Solitude* :

« Nu, le jeune homme prend son vêtement
et, quand il a bu l'Océan,
l'oblige à le rendre à la plage ;
au soleil bientôt l'étend
qui, le léchant, suave,
du feu tempéré de sa douce langue,
lentement l'attaque pour, de tendre façon,
sucer l'onde la moindre à son moindre cordon. »

Lorca souligne comment Góngora rapproche les sensations astronomiques des moindres détails de l'infiniment petit avec une idée des masses et des substances inconnue jusqu'alors en poésie. Il souligne que l'image permet à Góngora de donner la sensation par exemple du soleil, qui tombe mais ne pèse pas : « qui, le léchant, suave.../lentement l'attaque ». C'est habité par cet élan que Góngora rénove la langue castillane et, à l'écoute du latin de Virgile, la transforme.

L'image rassemble ce qui est disjoint, et séparé, l'ici et le là-bas, le maintenant et les temps d'autrefois, la mémoire et l'immédiat, les sentiments qui d'ordinaire s'opposent.

Mais si l'on creuse la question plus avant, il apparaît que le langage tout entier est *image* et l'usage de la métaphore n'est qu'un cas particulier d'un phénomène beaucoup plus ample. Là où l'homme parle, il convoque des images. Qu'il faille repenser l'image de manière plus ample, c'est ce que perçoit Mandelstam, dans l'un des textes les plus impressionnants du XXe siècle, *Entretien sur Dante*. De manière bien plus radicale que Caillois, il souligne : la force de Dante, écrit-il, n'est pas de produire des images mais d'être un « facteur d'instrument », il est « stratège de mutations et de croisements ».

En vérité, plus important que l'image est le souffle qui fait poème – et qui est la vérité de l'imagination. C'est ce que souligne Robert Marteau : « Plus le poète a le pouvoir ou grâce de descendre aux sources matricielles et maternelles de sa langue, plus il a la chance de faire émerger en images l'essentielle réalité que le monde visible à la fois signale et recouvre. À ces sources il accède par les Écritures ou récits mythiques, véhicules de la Tradition dont ne doivent pas nous écarter les proliférations adventices [1]. »

L'image est donc d'abord le mot ressenti et éprouvé et tout poète pourrait reprendre à son compte le conseil à un jeune poète donné par Max Jacob : « Aimer les mots. Aimer un mot. Le répéter, s'en gargariser. Comme un

1. Robert Marteau, « Gérard de Nerval et l'imagination », *L'Imagination créatrice*, Neuchâtel, La Baconnière, 1971, p. 70.

peintre aime une ligne, une forme une couleur[1]. » C'est cette écoute des mots qui conduisit le jeune E. E. Cummings à louer le travail de Gertrude Stein particulièrement dans *Tendres Boutons*[2] (1914) : Gertrude « subordonne le sens des mots à la beauté des mots eux-mêmes[3] ».

Tout poème n'est juste que lorsque chaque mot est à sa place, comme s'il y était déjà depuis les temps les plus anciens, donnant pourtant au lecteur le sentiment de l'entendre pour la première fois. Quand on y parvient, les gens, comme le souligne Anna Akhmatova, s'exclament : « C'est de moi qu'il s'agit ! C'est comme si c'était moi qui l'avais écrit[4]. » Trouver le mot juste qui nous fait pénétrer dans le clair de lune de la poésie, cette autre lumière, telle est ce que sut faire Joseph von Eichendorff (1788-1857), le poète le plus souvent mis en musique aussi bien par Mendelssohn, Schumann, Wolf, Brahms ou Richard Strauss (trad. François Fédier) :

« Une chanson somnole en chaque étant
Qui poursuit son rêve mélancolique.
Mais c'est le monde entier qui est chantant
Dès que tu trouves le mot magique. »

La prosodie visuelle et la lecture

Les poètes américains et tout particulièrement Ezra Pound et William Carlos Williams ou, en France, Apol-

1. Max Jacob, *Conseils à un jeune poète*, Paris, Gallimard, 1945.

2. Gertrude Stein, *Tendres Boutons* trad. Jacques Demarcq, Paris, Nous, 1995.

3. E. E. Cummings, « Art Nouveau » cité in Jean-Pierre Lavallard, « E. E. Cummings : un iconoclaste créatif », in *Icône, iconoclasme*, Annale du CRAA n° 27, Pessac, 2002, p. 64.

4. Anna Akhmatova citée in *L'horizon est en feu, Cinq poètes russes du XXe siècle*, présentation et choix de Jean-Baptiste Para, Paris, Gallimard, 2005, p. 11.

linaire, puis à leur suite, une grande part des poètes modernes vont travailler à une prosodie visuelle, pensant l'inscription originale du poème dans la page. La rigueur et les contraintes de composition se déplacent alors sur le terrain typographique, créant un espace d'écriture nouveau où les vers, les blancs, les strophes ne sont plus répartis selon les lois du mètre et de la rime mais en obéissant à une composition spatiale, quasiment picturale. Williams parlera en ce sens du poème comme « champ d'action » et Olson de « vers projectif [1] ». Apollinaire affirme que « les artifices typographiques poussés très loin avec une grande audace ont l'avantage de faire naître un lyrisme visuel qui était presque inconnu avant notre époque [2] ».

L'écriture devient une question centrale avec l'invention de la typographie et le développement de l'imprimerie au point de poser la question de la lecture d'une manière nouvelle comme le montre cette réponse de Pierre Reverdy, à une enquête des « Cahiers d'études de Radio-Télévision » : « Si je dis un poème que je sais par cœur, comme on dit si bien, je peux le dire comme si je l'écrivais pour la première fois, du premier jet – parce qu'il a réintégré la source, et qu'il en rejaillit sans effort, avec aisance sans que le souci de former pour la voix les mots qui le composent soit plus gênant que celui de les écrire. Mais si je dois lire un poème à haute voix en suivant le texte écrit, la forme typographique l'emporte nettement. Il y a un abîme entre les deux mouvements d'expression [3]. » Connaître cette différence entre le poème lu et le poème entendu, en creuser le sens et l'effet d'étonnement, est une façon d'entrer dans un rapport réel à la

1. Cf. l'introduction de Yves di Manno in Ezra Pound, *Les Cantos*, Flammarion, 2002.

2. Guillaume Apollinaire, *L'Esprit Nouveau et les Poëtes*, Jacques Haumont, 1946.

3. Pierre Reverdy, *Cette émotion appelée poésie*, Paris, Flammarion, 1974, p. 246.

poésie. Non pas établir des règles ou des théories sur le phénomène, mais simplement y être attentif. Savoir par exemple l'événement que peut être un poème lu dans l'écoute de la langue – et non dans l'aveuglement propre à la plupart des comédiens qui « jouent » un texte et en défigurent ainsi l'espace de résonance.

Écouter un poète lire ses textes peut être une extraordinaire aventure ; les poètes russes et américains ont eut un génie tout à fait particulier pour lire leur texte et leurs lectures ont longtemps rassemblé un public important. Le poète de la Beat Generation Allen Ginsberg, marqué par William Carlos Williams, lisait par exemple ses poèmes en première partie des concerts de Bob Dylan, dans une écoute du rythme de la langue poétique tout à fait convaincante.

Mais lire un poème sur la page d'un livre peut être une chance nous faisant entrer dans la poésie. S'éloignant de la chanson, il gagne parfois en profondeur, en écoute du silence et est à même d'ouvrir une plus grande intimité avec le lecteur, comme y insiste pour sa part Reverdy, refusant la lecture orale de ses poèmes.

Le lyrique, l'épique et le tragique

« Le poème lyrique, selon l'apparence idéal, est en sa signification naïf. C'est une permanente métaphore d'un seul sentiment.

L'épique, selon l'apparence poème naïf, est en sa signification héroïque. C'est la métaphore des grandes aspirations.

Le tragique, selon l'apparence poème héroïque, est en sa signification idéal. C'est la métaphore d'une intuition intellectuelle[1]. »

Hölderlin, trad. François Fédier

Parmi les nombreuses distinctions, celle entre lyrique, épique et tragique est particulièrement importante. Elle a nourri le destin de la poésie occidentale et ces distinctions sont encore prégnantes, même si c'est de manière critique chez nombre de poètes d'aujourd'hui. Les connaître, c'est entrer dans le foyer de la poésie.

Mais dès que l'on commence à chercher à comprendre de quoi il retourne sous ces trois appellations, s'ouvre un abîme tant les définitions habituelles sont comme neige au soleil, de pures constructions hasardeuses et floues qui s'évaporent alors qu'on les examine.

1. Hölderlin, *Œuvres*, Paris, Gallimard, Bibl. de la Pléiade, 1967, p. 632.

Essayons de nous y repérer.

Historiquement, les trois genres correspondent à trois grandes périodes qui se sont succédé. L'épopée est première et vise un public de cour. Le mythe, mêlé à des récits d'aventures, a pour fonction de *charmer* et d'élever l'auditeur. La lyrique lui succède et le mythe a alors la fonction de *célébrer*, par exemple, un athlète vainqueur avec son public en liesse. Elle s'adresse au premier chef au régime des aristocrates raffinés et exigeants, fiers de leurs traditions et à même de savourer la qualité de l'ode qui leur tend un miroir d'excellence. La tragédie est le poème de la démocratie et vise à *éduquer* un public soucieux de son avenir. Le mythe devient problème et, comme le note Walter Nestle, « la tragédie prend naissance quand on commence à regarder le mythe avec un œil de citoyen », quand le héros tragique cesse d'être un modèle mais devient source d'interrogation. Œdipe, déchiffreur d'énigmes et pourtant pour lui-même l'énigme qu'il ne peut déchiffrer, est bien, en ce sens, le modèle du héros tragique grec.

L'épique

> « D'un air plus grand encor la poésie épique,
> Dans le vaste récit d'une longue action,
> Se soutient par la fable et vit de fiction. »
>
> Boileau, *Art poétique* (v. 160, sq.)

Il n'est pas sûr que cette remarque de Boileau nous permette d'aller au cœur du phénomène de l'épique tel qu'il apparaît dans l'*Iliade* et l'*Odyssée*, modèle pour toute l'histoire de la poésie. Ses diverses traductions – comme celle de Lorenzo delle Vale (1407-1457) en latin, d'Hugues Salel (1504-1553) en France (pour Ezra Pound, la seule au monde qui puisse se lire avec un plaisir soutenu) ou celle de George Chapman (1559-1634) puis d'Alexander Pope (1688-1744) en Angleterre – ont souvent permis d'instituer une tradition poétique dans les diverses langues européennes.

De façon plus profonde que Boileau, Hölderlin souligne que l'épique est le ton naturel et donne comme exemple un passage où Phénix s'adresse à Achille pour l'amener à se réconcilier avec Agamemnon :

> « Toi aussi je t'ai rendu homme, toi Achille, semblable aux [dieux,
> T'aimant et de cœur fidèle ; tu ne voulais jamais avec [d'autres
> Ni aller au banquet, ni au foyer dans les maisons manger,
> Avant que moi-même je ne te prenne, t'asseyant sur mes [genoux,
> Et te tende les mets bien coupés et te tienne le gobelet.
> Souvent tu m'as l'habit, devant, sur la poitrine, mouillé
> Laissant couler du vin de ta bouche, en enfance malhabile.
> Ainsi j'ai tout traversé, et tant supporté
> À cause de toi ; je méditais, comme les dieux m'avaient [refusé
> Propres enfants, et je choisis, toi Achille semblable aux [dieux,
> Je te choisis pour fils, que tu me protèges un jour d'un triste [destin.
> Dompte ton grand cœur, Achille ! Il ne sied pas
> D'avoir le sens impitoyable ; souvent tournent même les [dieux,
> Qui pourtant sont bien plus augustes en majesté, honneur et [puissance. »

Phénix rapporte ici avec nombre de détails qui renforcent, malgré leur aspect prosaïque, le caractère héroïque d'Achille. Voilà le ton naturel propre à l'épique !

Les chansons de geste, qui apparaissent dès le XIe siècle, la *Chanson de Roland* de Turolde, puis les poètes de la Pléiade, *Orlando furioso* de Arioste (1474-1533), les *Lui-*

siades de Luis de Camoes (1525-1580) sont les héritiers de l'épopée grecque.

Des poètes modernes comme Ezra Pound ou Velimir Khlebnikov ont cherché à l'intérieur de la modernité à retrouver un sens de l'épique – c'est-à-dire à composer un récit qui dise l'établissement d'un monde et en rassemble les hauts faits.

La lyrique

> « Non, chère âme, à la vie immortelle n'aspire pas, mais épuise le champ du possible. »
>
> Pindare, *Pythique III*, v. 61

Pour comprendre la notion de *lyrique*, il importe de la distinguer du *lyrisme*, apanage des poètes maudits du XIXe siècle. Le lyrisme est devenu l'épanchement du moi si bien que, comme l'écrit Jean-Claude Pinson : la poésie lyrique, « historiquement marquée par l'expression de la subjectivité, est devenue, une fois abandonné le corset des formes classiques, le facile refuge de la plus immédiate effusion ou le lieu d'assez dérisoires bricolages verbaux [1] ». C'est fort de cette compréhension que Guillevic peut écrire : « J'ai commencé à écrire contre le lyrisme. Plus exactement, lorsque la conscience m'est venue du registre qui devait être le mien, j'ai pris position contre le lyrisme. [...] Je me suis aperçu, depuis, qu'il y a lyrisme et lyrisme, comme il y a chant et chant. Il y a le lyrisme qui se complaît à lui-même et le lyrisme qui force l'issue [2]. »

Le lyrisme qui force l'issue, telle est *la lyrique* qui n'a strictement rien à voir avec l'épanchement du moi. Elle

1. Jean-Claude Pinson, *À quoi bon la poésie aujourd'hui*, éd. Pleins Feux, 1999, p. 15.

2. Guillevic, *Vivre en poésie*, Paris, Stock, 1980, p. 185.

est, selon le magnifique mot de Valéry : « le développement d'une exclamation [1]. » La lier, comme il est devenu l'usage, à la subjectivité, au fait que le poète parle en son nom, et l'opposer sur ce point à l'épique qui serait de l'ordre de l'objectivité est un profond contresens, et ce, même si telle est aujourd'hui la manière dont la plupart des auteurs et des manuels les distinguent.

En vérité, de Pindare à Paul Celan, les poètes lyriques n'ont cessé de penser que leur poème est en rapport à la vérité et non à leurs personnalités ou à leurs états d'âme. Le lyrique est le rapport au sentiment, à la dimension affective à partir duquel le monde et le réel se donnent. Le réel est alors montré dans la vibration la plus pleine, ce qui explique la remarque d'Hölderlin, la lyrique est la « métaphore continue d'un sentiment unique ». Une telle vibration est ce chant où la vérité se déploie. Et peu de poètes ont comme Pindare autant insisté sur le fait que son dire montre la pure vérité, s'insurgeant contre la *doxa*, l'opinion commune, la crédulité, la médisance et l'inconstance. Comme il l'écrit : « Sur l'enclume qui ne ment forge ta langue. »

Nous ne comprenons plus le ressort profond de la lyrique, faute de reconnaître que sa vibration, son émotion première, comme le souligne Jean-Paul Savignac, n'est pas un *pathos*, mais une *eupatheia*, une bonne affection, un souci qui est essentiellement souci pour les autres [2]. Notre difficulté vient de ce que notre compréhension de l'émotion est bien trop biologique et si peu poétique !

L'Ode, le chant lyrique par excellence, a eu une grande fécondité dans toute l'histoire de l'Occident et tout particulièrement après la redécouverte de Pindare à la Renaissance. L'Ode y est alors devenue l'occasion d'un *éloge*

1. Paul Valéry, *Tel Quel,* Paris, Gallimard, 1941, p. 146.
2. Jean-Paul Savignac, *Le Mythe antique, pourpre et ors*, Paris, éd. de La Différence, 2008, p. 89.

sublime, donnant au poète une responsabilité éthique de tout premier plan – mais souvent de façon plus formelle et convenue qu'inspirée.

Le tragique

« Si les vaches pouvaient converser entre elles, il n'y aurait plus d'abattoirs. »

Bertolt Brecht

Le mot « tragique » vient du grec *trogos* qui signifie « bouc » et de *ôdê* qui signifie « chant ». Le sacrifice du bouc faisait partie du culte que l'on rendait à Dionysos, le dieu de la Fertilité comme de toutes les démesures. La tragédie est étroitement liée à la vie de la Cité athénienne qui organisait chaque année un concours de tragédies, très ritualisé, à l'occasion des « Grandes Dionysies » de mars et d'avril. Elle joue ainsi un rôle social et politique éminent.

La tragédie nous expose à une douleur indicible et inguérissable, qu'elle nous invite à approfondir. Le monde ne peut pas être dominé, et tel est pour l'homme ce qui est proprement tragique. Ainsi Œdipe, en proie à la douleur d'avoir involontairement tué son père et épousé sa mère, parce qu'il accepte cette douleur sans cesser de la ressentir, parce qu'il la contemple et la médite sans essayer pourtant de s'en détacher, peu à peu lui, le criminel, se transfigure et rayonne d'un éclat surhumain quasi divin. Si bien que, dans *Œdipe à Colone,* les dieux s'exclament à la fin de la pièce : « Alors, alors, Œdipe, pourquoi attendre ?/Voilà déjà un moment que tu tardes » (trad. Jean Grojean). Loin d'être maudit, condamné et rejeté, Œdipe est attendu avec impatience par les dieux. Ce qui, comme le souligne Karl Reinhardt, est d'une étonnante singularité : « Le dieu se tient au côté de l'homme, il lui dit "nous", il l'invite, il attend, il s'impatiente [1]. »

Fondamentalement, le sens de la tragédie est la confrontation au passage de la limite, de l'*outrage*, le fait de passer outre la mesure. Or ce thème est la question même du politique – c'est-à-dire la question de la Loi et celle de sa limite comme condition d'établissement d'une communauté. Ainsi, dans *Antigone*, nous assistons au débat poignant entre deux idées de la communauté, débat qu'il est peut-être trop court de lire, comme le fait Hegel, selon le conflit existant entre la passion de l'intérêt particulier et celui de la communauté, c'est-à-dire du féminin et du viril. Lecture qui, comme le souligne Jean Lauxerois, vient de toute l'histoire de la philosophie depuis Platon qui, dans son déni de la poésie, discrédite la tragédie pour privilégier la « vie théorétique [2] ».

Une des difficultés de compréhension que nous avons de la tragédie est que nous nous appuyons sur ce qu'en ont dit les philosophes, Platon et Aristote au premier chef. Or le sens profond de la tragédie leur échappe. La tragédie est une méditation sur l'énigme qu'est la frontière entre homme et Dieu. Et la différence entre Eschyle et Sophocle est que, avec ce dernier, la limite se dérobe et que l'homme tente, désormais, selon l'expression de Hölderlin, dont la lecture de la tragédie est d'une profondeur sans égal, de s'accoupler avec le divin.

Le temps de la tragédie qui, de Eschyle à Euripide, dura moins de soixante-dix ans (470-404), fut l'occasion d'une fondation de la communauté humaine pour devenir ensuite, après la fin de cette grande époque, d'un intérêt plus moral et esthétique. Albert Camus remarque que :

---

1. Karl Reinhardt, *Sophocle*, trad. Emmanuel Martineau, Paris, éd. de Minuit, p. 286.

2. Jean Lauxerois, « Postface » Sophocle, *Antigone*, Paris, 2007, Pocket.

« Dans les trente siècles de l'histoire occidentale, depuis les Doriens jusqu'à la bombe atomique, il n'existe que deux périodes d'art tragique, et toutes deux étroitement resserrées dans le temps et dans l'espace. La première est grecque, elle représente une remarquable unité, et dure un siècle, d'Eschyle à Euripide. La seconde dure à peine plus, et fleurit dans les pays limitrophes à la pointe de l'Europe occidentale. En effet, on n'a pas assez remarqué que l'explosion magnifique du théâtre élisabéthain, le théâtre espagnol du Siècle d'or et la tragédie française du XVIIe siècle sont à peu près contemporains [1]. »

Shakespeare est le plus beau fleuron de la survivance occidentale de la tragédie, lui qui, comme Homère, Virgile et Dante, est devenu l'un des auteurs les plus influents et profonds de l'Occident tout entier. Il sut inventer avec *Hamlet* ou *Roméo et Juliette* des personnages qui gardent en eux une part de sauvagerie qui le dispute à l'innocence. Sans considération moralisante, il peut ainsi toucher au mythe. Il est aussi un poète hors pair, trouvant une langue pleine d'une surabondance d'images qui donnent à ses textes un élan poétique qui a conduit tant de grands poètes à le traduire, tel, en France, Pierre Jean Jouve, Jules Supervielle ou Yves Bonnefoy.

Au XXe siècle, ce ne sont évidemment pas les tentatives, embourbées dans la psychologie « qui s'acharne à réduire l'inconnu au connu, c'est-à-dire au quotidien et à l'ordinaire [2] » de Cocteau, Giraudoux et Anouilh puis de Sartre – dont les pièces de théâtre sont si in-poétiques – qui ont gardé vivante la tragédie. Il faut plutôt se tourner vers des auteurs comme Beckett et surtout Antonin Artaud dont

---

1. Albert Camus, *Théâtre, récits, nouvelles*, Gallimard, Bibliothèque de la Pléiade, 1969, p. 1699-1700.

2. Antonin Artaud, « Le Théâtre et son double », in *Œuvres*, Paris, Gallimard, Quarto, 2004, p. 1425.

l'effort pour penser un théâtre de la cruauté est particulièrement impressionnant.

Loin de chercher à défendre une thèse, un engagement, Artaud veut « faire du théâtre une réalité à laquelle on puisse croire, et qui contienne pour le cœur et les sens cette espèce de morsure concrète que comporte toute sensation vraie », morsure qui est au cœur de la véritable tragédie.

Les trois ordres de la parole s'éclairent plus avant si l'on considère la place qu'ils réservent au poète.

L'épique est la situation où le poète chante *face* aux auditeurs et au monde tout entier. Homère nous raconte les hauts faits qu'il dépeint devant nous en nous plongeant ainsi dans un passé glorieux.

Dans la lyrique, le poète – que l'on songe ici à Pindare ou à Sappho – n'est pas face à un auditoire, il *participe* à l'enthousiasme qu'il chante. Il est dans la situation même qu'il porte à la parole. Sappho chante l'intensité et la douleur de son amour, Pindare éprouve la plus vive joie à célébrer l'athlète et son excellence.

La tragédie est, pour sa part, un *dialogue* qui prend la forme d'une « représentation », où les Athéniens peuvent voir, selon la formule d'Hölderlin « le monde à une échelle moindre ». Ce *dialogue* est d'autant plus frappant qu'il se manifeste poétiquement par le fait que le chœur s'exprime en strophes chantées, dans des mètres propres au lyrisme, tandis que les personnages dialoguent en trimètres iambiques, voisins de la langue parlée. Et à partir de Sophocle, apparaît un deuxième personnage sur scène qui dialogue avec le héros, complexifiant encore l'épreuve de cet échange.

VII
LE HAÏKU
VÉRITÉ PARADOXALE DU POÈME

« Toute la journée,
J'ai porté un chapeau
Qui n'était pas sur ma tête. »

Jack Kerouac

De manière tout à fait significative, nombre de poètes modernes se sont mis à l'écoute d'une tradition poétique toute différente de celles d'Occident : le haïku. Rainer Maria Rilke, Paul Eluard [1], Paul Claudel [2], Jack Kerouac [3], Allen Ginsberg, E. E. Cummings [4], Philippe Jaccottet, Yves Bonnefoy, Jacques Roubaud et tant d'autres se sont mis à son école, y trouvant une source d'inspiration profonde et une manière de repenser le sens et le dessein de la poésie à l'âge de la modernité.

L'un des premiers poètes d'Occident à se tourner de manière significative vers le haïku, est Ezra Pound [5].

Ezra Pound est une figure considérable de la poésie américaine, autant pour son œuvre que pour son influence

1. Paul Eluard est l'auteur de *Pour Vivre ici, onze haï-kaïs* (1920).

2. Paul Claudel est l'auteur de *Cent Phrases pour éventails*, « C'est le recueil de ces poèmes [...] que jadis, au Japon, à la recherche de leur ombre, j'ai essayé effrontément de mêler à l'essaim rituel des haï-kaï », in *Œuvre poétique*, Paris, Gallimard, 1967, p. 699.

3. Jack Kerouac est l'auteur de très nombreux haïkus, *cf. Le Livre des haïku*, La Table Ronde, 2006, et Bertrand Agostini et Christiane Pajotin, *Kerouac et le haïku : itinéraire dans l'errance*, Paroles d'Aube, 1998.

4. Cf. Michael D. Welch, « Three Hokku by E. E. Cummings. » *Frogpond*, XVI : 1 (Spring-Summer, 1993) : 51-56 ; « The Haïku Sensibilities of E. E. Cummings », *Spring* : *The Journal of the E. E. Cummings Society*, n° 4, 1995.

5. Cf. Yoshinobu Hakutani, *Modernity in East-West Literary Criticism*, Rosemont Publishing, 2001.

sur les grands poètes de son temps. E. E. Cummings explique ainsi : « Tous les poètes de ma génération sont redevables à Pound. Il a été pour la poésie de ce siècle ce qu'Einstein fut pour la physique. » T. S. Eliot, qui lui dédia son *Waste Land*, affirma que « les écrits de Pound sont les seuls écrits contemporains sur l'art poétique qui puissent être utiles à un jeune poète ».

La découverte du haïku fut pour Ezra Pound l'un des événements poétiques les plus décisifs de son existence comme il en témoigne dans l'article « Le vorticisme », publié en septembre 1914 : « Il y a trois ans, à Paris, écrit-il, je suis sorti du métro à Concorde, et soudain j'ai vu un beau visage, puis un autre, et encore un autre [...] et j'ai essayé toute la journée de trouver des mots pour dire ce que cela signifiait pour moi [...]. Et le soir, subitement, j'ai trouvé l'expression adéquate [...] mais non pas dans la parole, dans des masses de couleur [...]. C'était le commencement pour moi d'un nouveau langage [...]. J'ai écrit un poème de trente vers et je l'ai détruit aussitôt parce que c'était du travail de deuxième ordre, sans l'intensité souhaitable. Six mois plus tard j'ai fait un poème déjà réduit de moitié. Un an plus tard (1912) j'ai écrit la phrase qui suit, qui a une allure de *hokku*[1] :

"L'apparition de ces visages dans la foule :
Pétales sur une branche, noire mouillée." »

Pound, considéra rétrospectivement, que c'était par ce poème qu'il intitula *In a Station of the Metro*, qu'il était entré dans la modernité. Il était désormais sorti de la poésie faite « des ornementations qui ne sont qu'astuces et dont n'importe qui, s'il est assez subtil, peut apprendre l'usage », pour redonner au langage son ampleur première.

1. Cité et traduit in Kenneth White, *La Figure du dehors*, Paris, Grasset, 1978, p. 182.

Qu'est-ce que le haïku ?

Le terme de haïku apparaît seulement à la fin du XIXe siècle, avec le poète Shiki. Il résulte de la contraction de l'expression « *haïkaï no ku* », désignant tout vers (« *ku* ») d'une poésie chaînée (« *renga* ») – qui était composé lors de réunions organisées à ce dessein.

Peu à peu, le premier vers de cette poésie chaînée fut cultivé en lui-même. Bashô, qui est le père de cet art, s'y est consacré le premier et l'a sorti du caractère mondain pour lui donner une ampleur spirituelle unique.

Le haïku est un vers unique d'une cadence de 5, 7, puis 5 syllabes, comportant un vocable associé à une saison (« *kigo* ») et incluant un mot césure (« *kireji* »). « Par mot césure, il faut entendre un mot de nature exclusivement poétique (comme notre "ô" emphatique) dont le rôle est d'introduire une rupture, une respiration, une ponctuation à l'intérieur du vers. Classiquement, il existait dix-huit mots césures différents ayant diverses spécificités grammaticales et nuances sémantiques. Ces caractéristiques ne suffisent cependant pas à définir ce qu'est un haïku. Elles n'ont en rien valeur de normes absolues. Bashô lui-même les relativisait[1]. »

L'usage de présenter un haïku sur trois lignes est occidental ; au Japon, le haïku se présente sur une seule ligne

1. Vincent Brochard, *L'Art du Haïku*, Paris, éd. Belfond, 2009, p. 58, sq.

verticale. Dans les deux premiers mouvements se trouvent généralement indiqués un lieu et un moment, suivis d'un élément inattendu qui étonne. C'est toute la force du haïku, de réussir par le troisième segment à surprendre le lecteur et à susciter ainsi un effet de réel étonnant.

En France, Paul-Louis Couchoud, qui séjourna neuf mois au Japon du début de septembre 1903 à mai 1904, grâce à une bourse d'Albert Kahn, fut frappé par le haïku et publia à son retour en France plusieurs plaquettes. C'est grâce à son travail que Rilke, quand il séjournait à Meudon, au début des années vingt, en découvrit avec enthousiasme l'existence.

Aux États-Unis, R.H. Blyth, le premier, se consacra, de manière soutenue à cet art et publia quatre ouvrages sur le sujet au tout début des années cinquante, une étude d'ensemble et une anthologie commentée. La plupart des ouvrages de haïku publiés en France comme dans presque tous les pays de langues occidentales, étaient jusqu'à une date récente des traductions de parties de son travail.

Pourquoi le haïku éclaire si profondément la poésie moderne occidentale ?

« Sur vingt montagnes enneigées
La seule chose en mouvement
Était l'œil du merle. »

Wallace Stevens [1]

Le poète Bonnefoy, à l'occasion de son discours de la réception du prix Masaoka Shiki, en 2000, évoque la manière dont le haïku l'a personnellement profondément marqué dans son propre travail. Par son exigence à employer peu de mots, le haïku empêche tout récit détaillé et permet une prise de recul par rapport à l'expérience immédiate. Il est en mesure de coïncider avec un instant pur : « Cette expérience d'unité, d'unité vécue et non pas seulement pensée, c'est évidemment la poésie. On peut oublier cela, en Occident, parce que nos traditions religieuses, celles du Dieu personnel, transcendant par rapport au monde, ont séparé l'absolu de la réalité naturelle, mais ce n'en est pas moins, cette approche de l'Un dans chaque chose, l'émotion suprême à laquelle instinctivement

1. Wallace Stevens, « Treize façons de regarder un merle » in *Harmonium*, trad. Claire Malroux, Paris, José Corti, 2002, p. 227.

tous les poètes s'attachent[1]. » Remarque décisive qui explicite la raison de la rencontre entre la poésie héritière de la parole orphique et l'art du « poème » extrême-oriental.

Bonnefoy voit dans le haïku une sauvegarde de la vérité poétique mise à mal, selon lui, par l'Occident des Temps Nouveaux. Il ne considère pas le haïku comme un phénomène culturel singulier, extérieur aux enjeux poétiques actuels, mais une planche de salut pour la poésie même de l'Occident. Son analyse témoigne combien le haïku répond à l'histoire même de la modernité, en son aspiration poétique la plus profonde. En effet la modernité vise à nous libérer de cette suture qui nous sépare de l'ampleur du réel, que Nietzsche nomma les « arrière-mondes », ce double fond qui lie ce qui se montre à un idéal qui en serait la vérité. Cette immédiateté à même de témoigner d'un invisible qui n'est plus « idéal » ou « transcendant », est au cœur de toute la poésie moderne.

En cherchant ainsi à découvrir une langue libre de tout idéalisme comme de toute expression, de toute subjectivité comme de toute objectivité, elle quitte un horizon – celui qui a dessiné le contour de l'Occident – pour entendre une parole autre, comme l'est le haïku. Ce dernier est ainsi intégré à l'histoire de notre poésie.

Le haïku refuse les idées, l'expression d'une émotion, le commentaire, mais en appelle à « laisser les choses telles quelles ». Il répond ainsi à une aspiration profonde de la modernité, comme le souligne Jacques Roubaud : « Chaque haïku concentre en lui-même un moment poétique intense, sans abstraction, sans réflexion, sans complexité apparente : "Pas d'idées, sinon dans les choses",

1. Discours d'Yves Bonnefoy, intitulé *Le Haïku, la forme brève et les poètes français* (www.shiki.org/2000/bonnfoy%20lecture.html).

telle pourrait être la définition du haïku, même si elle est de William Carlos Williams[1]. »

En réalité, Baudelaire, avec la publication, en 1857, des *Fleurs du Mal*, brisa le premier le moule antique pour réintégrer dans l'œuvre l'*ici-maintenant* banal, boueux et bête. Il a ainsi rompu l'incursion de récits venus de l'Antiquité grecque et latine, de mythologies hors saison, pour se mettre à l'écoute de la vie concrète – non sans, cependant, réussir pleinement à se délivrer du platonisme comme de la culpabilité du péché.

Ce fut là, sans doute, le sursaut inouï de Rimbaud : libérer en Occident une parole neuve, dont nous sommes loin d'avoir pris la mesure et sans lequel ni Apollinaire ni Ezra Pound ne serait possible. Une autre écoute de la raison musicale et une nouvelle entente de l'amour, sans poncif, naît, comme en témoigne l'étonnant « À une raison » :

> « Un coup de ton doigt sur le tambour décharge tous les sons et commence la nouvelle harmonie.
>
> Un pas de toi, c'est la levée des nouveaux hommes et leur en-marche.
>
> Ta tête se détourne : le nouvel amour ! Ta tête se retourne, – le nouvel amour !
>
> "Change nos lots, crible les fléaux, à commencer par le temps" te chantent ces enfants. "Élève n'importe où la substance de nos fortunes et de nos vœux" on t'en prie. »
>
> (*Illuminations*)

Avec Rimbaud, la poésie telle qu'en Occident elle s'était peu à peu fossilisée avec ses règles et ses formes, est détruite. C'est une chance extraordinaire. Là où des « poètes » avaient enseveli l'inouï du chant, avec leurs

1. *Le Matin*, 1er novembre 1986.

images personnelles, leurs émotions scolaires, leurs souvenirs et des règles peu à peu usées et fausses – le poème retrouve son autorité [1]. Bonnefoy souligne que les notations fulgurantes des poèmes de 1872 et des *Illuminations* sont « les premières grandes créations de forme brève en français, chez un poète que l'on pourrait d'ailleurs comparer à certains poètes du Japon par sa façon de vivre ». Avec l'œuvre de Rimbaud la rencontre de l'Occident et du haïku devient possible et répond même d'une réelle nécessité.

Étrange paradoxe, le haïku est à la fois, pour nous, le plus étranger et, dans le même temps, une occasion de retrouver le propre de la poésie véritable – qui s'était parfois perdu au cours des siècles.

---

1. C'est par une étrange écoute d'Orphée et de Rimbaud que Jean-Pierre Bobillot peut écrire *Rimbaud, le meurtre d'Orphée, Crise de verbe et chimie des vers ou la Commune dans le Poème*, Paris, Honoré Champion, 2004.

La rupture moderne rend possible et même nécessaire la rencontre avec l'Orient, dont le haïku est une des plus belles fleurs

Dans sa conférence, Bonnefoy affirme que le lecteur de haïku se pénètre « d'une spiritualité [le bouddhisme zen] qui répond très fortement aux besoins de l'esprit dans notre société moderne qui a appris à comprendre que beaucoup de ses convictions religieuses ou métaphysiques ne sont que des mythes ». Cette remarque est particulièrement importante car Bonnefoy ne parle pas ici du zen comme d'une pratique exotique qui pourrait nous séduire, mais comme une réponse à un appel de notre propre histoire. Le bouddhisme n'apparaît plus, à tant de poètes modernes – de Jack Kerouac à Jacques Roubaud –, comme étranger à l'Occident, mais au contraire comme lui étant infiniment proche.

Si Orphée a été perçu, tout particulièrement à partir de la lecture romaine de son mythe, comme le poète de la perte infinie qu'il faut chercher à combler, de l'immense séparation de l'homme et du monde, le haïku nous montre une poésie qui est pur événement, surgissement parfait, coïncidence entre l'homme et le monde. L'Orphée romain et un certain visage du lyrisme sont désavoués. Nous sommes invités à réentendre l'Orphée des premiers Grecs vers lequel se tournèrent Mallarmé et Rilke.

Mais quels sont ces éléments où la modernité poétique rencontre le haïku ?

L'absence d'éloquence

« Je lève la tête
l'arbre que j'abats
comme il est calme. »

Issekiro

Philippe Jaccottet a témoigné du réconfort suscité, au moment d'une profonde crise intérieure, par la lecture de l'anthologie de R. B. Blyth [1]. Il y trouva des « *lueurs dans l'obscurité* [2] ». Le haïku lui apparut comme n'invitant plus à entrer dans l'absolu en plongeant le poète à l'écart de la vie, mais comme une façon d'y demeurer *poétiquement*. Cette rencontre a été si importante pour lui qu'il traduisit et en présenta un volume.

Mais surtout, dans le haïku, Jaccottet trouva un encouragement à son propre travail qui le conduisit à abandonner la poésie comme objet de connaissance pure pour une poésie qui soit « porte ouverte, ou entrouverte, quelquefois vite refermée, sur plus de réalité [3] ».

Le haïku refuse en effet l'explication intellectuelle comme la métaphore et le symbolisme. Il n'y a pas d'univers abstrait derrière le concret, de vérité spirituelle derrière les choses matérielles. Comme le dit Shiki, à propos d'un poème de Bashô : « La signification est seu-

1. Philippe Jaccottet fut l'un des premiers à présenter l'ouvrage dans une chronique intitulée « L'Orient limpide » parue en novembre 1960 dans *La Nouvelle Revue française*, chronique qu'il a intégrée dans *Une transaction secrète*, Paris, Gallimard, 1987.

2. Philippe Jaccottet, *Une transaction secrète*, Paris, Gallimard, 1987, p. 313.

3. Philippe Jaccottet, *L'Entretien des Muses*, Paris, Gallimard, 1968.

lement ce qui est dit, et n'a de signification ni particulière ni autre [1]. »

Ezra Pound a trouvé dans le haïku le sens de l'image qu'il recherchait – non une idée, mais « un point nodal ou un agglomérat irradiant [2] ». L'image en poésie est devenue en Occident une façon de faire affleurer une réalité inaperçue jusqu'alors qui prouve la capacité des mots à atteindre l'être des choses. L'image élaborée, subtile, surprenante a même fini par devenir le signe du « poétique ». Or dans le haïku, l'image est minime. Simple comme la traînée de couleur que laisse un pinceau sur la feuille blanche. Elle surgit lorsque deux éléments sont rapprochés, moins, comme le souligne Bonnefoy « parce qu'ils sont comparables que parce que l'un a participé, dans cet instant et par sympathie, de l'existence de l'autre [3] ». L'image devient ainsi surgissement qui fait effraction, déchire toute continuité. Une percée vivante. Une brèche et non la révélation d'un autre monde derrière celui-ci.

Or la poésie moderne s'est élaborée dans le rejet de *l'image poétique* pour toucher plus simplement à un effet de réel. Dans son discours, *Le Méridien*, l'un de ces textes les plus abyssaux sur la poésie écrits au XXe siècle, Paul Celan s'explique : « Et que seraient alors les images ? Ce qui, une fois, et c'est chaque fois la seule fois, c'est seulement ici et seulement maintenant, est aperçu et à percevoir. Et ainsi le poème serait le lieu où les métaphores et autres tropes, tous, se réduisent à l'absurde [4]. »

1. Eric W. Amann, *The Wordless poem*, 1969 – trad. Daniel Py, http://www.tempslibres.org/tl/fr/livres/amann/lvaman1.html.

2. Ezra Pound, « Le Vorticisme », trad. Christine Laure, in Cahiers de L'Herne, 1965, p. 89.

3. Yves Bonnefoy, « Du Haïku », in *Entretiens sur la poésie*, Paris, Mercure de France, 1990, p. 139.

4. Paul Celan, *Le Méridien & autres proses*, trad. Jean Launay, Paris, éd. du Seuil, 2002, p. 79.

Difficile de congédier plus profondément le destin d'une certaine histoire de la poésie.

Or ce souci d'abandonner l'image rhétorique pour être au plus près du mot touche au secret du haïku. Paul Claudel remarque justement que, dans la simplicité du haïku, chaque mot compte, est empli de vie, et ce phénomène est favorisé par les ressources propres à l'écriture japonaise. « Le mot, écrit Paul Claudel, lentement dessiné et perpendiculaire à l'œil, dégage le sens total des diverses efficiences qu'il coagule [1]. » Ainsi le haïku est un travail sur la forme d'une extrême liberté mais néanmoins d'une profonde rigueur.

Cette perspective ne nous est plus étrangère depuis Rimbaud qui invite précisément à une lecture littérale de l'œuvre moderne. Ainsi à sa mère qui, ne comprenant rien à la lecture du manuscrit lui demanda : « Qu'as-tu voulu dire ? », Rimbaud répondit : « J'ai voulu dire ce que cela dit, littéralement et dans tous les sens. »

Le haïku respire dans cette dimension de « littéralité » que cherche à gagner une grande part de la modernité : un espace où l'intellect ne vient pas surplomber le monde de la sensation pure et des événements de la vie quotidienne : « Voici donc une poésie d'où est rigoureusement exclu tout commentaire d'ordre philosophique, religieux, moral, sentimental, historique ou patriotique, et qui pourtant contient, en profondeur, tous ces aspects [2]. » Voilà ce qu'est la poésie en sa vérité native !

La profondeur du poème ne demande pas à renoncer à la simplicité du monde mais nous apprend à la découvrir. Une chenille qui ronge silencieusement un plant de riz, une feuille collée à un champignon, un homme dans son

1. Paul Claudel, *Œuvre poétique*, Paris, Gallimard, 1967, p. 700.
2. Philippe Jaccottet, *Une transaction secrète*, Paris, Gallimard, 1987, p. 128.

champ qui, dans le haïku, ont autant d'importance qu'un temple ou des visions célestes nous invitent à comprendre que la poésie ne dépend pas de son sujet, mais du regard porté sur le monde.

> « Fraîchement lavés
> Comme ils ont l'air froid
> Les poireaux blancs ! »
> Bashô

Sans but

> « Les grands poèmes du ciel et de l'enfer ont été écrits, reste à créer le poème de la terre [1]. »
> Wallace Stevens

Dogen, le grand introducteur du bouddhisme zen au Japon, a insisté sur le fait que la pratique de la méditation est sans dessein. Elle ne vise pas à nous faire atteindre l'éveil, elle est la dimension même de l'éveil. Toute ambition à ce sujet nous empêche de nous poser dans la sobriété du sans contour. Le haïku en témoigne, lui qui, comme le remarque Roland Barthes, « est écrit juste pour être écrit [2] ». Il ne vise rien. Ne cherche à dévoiler aucun sens.

Martin Heidegger approche lui aussi dans son dialogue *Gelassenheit*, cette expérience d'une présence qui ne soit tendue vers aucun objectif :

> « L'Érudit : Ainsi le sommes-nous et ne le sommes-nous pas [vraiment appropriés à la libre Étendue].

1. Wallace Stevens, « L'Imagination comme valeur » in *L'Ange nécessaire*, trad. Sonia Bechka-Zouechtiagh et Claude Mouchard, Belford, Circé, 1997, p. 121.
2. Roland Barthes, *L'Empire des signes*, Paris, Champs/Flammarion, 1970, p. 110.

Le Savant : Toujours la même oscillation sans fin entre le oui et le non.

L'Érudit : Nous sommes pour ainsi dire suspendus entre les deux.

Le Professeur : Mais le séjour en cet entre-deux, c'est l'attente[1]. »

Telle est, sans doute, une des nominations les plus proches de cette source que le bouddhisme comme le taoïsme désignent. Un entre-deux que rien ne saisit. Une attente qui n'attend rien.

Notre compréhension du bouddhisme est si erronée qu'elle nous empêche de savoir ce qu'est le haïku. Ainsi, contrairement à toutes les idées reçues, le bouddhisme ne vise à aucune quiétude. Le geste du Bouddha en appelle bien plus décisivement au déploiement de la *prajna. Pra* signifiant la première, la meilleure et *jna* – que l'on retrouve dans notre mot « gnose » –, la connaissance. *Prajna* est la vue directe et claire de ce qui est et chaque haïku authentique en témoigne. Il est une vue qui, par une nomination originaire – sans saisie – ouvre à un dire fulgurant. Il n'est pas un petit moment de paix ! Il est un choc, un incident, un retournement. C'est cet aperçu qui conduisit Jack Kerouac dans *Belief and Technique for Modern Prose*, à noter ces consignes : « Ce que tu ressens trouvera sa propre forme » ou encore « Pas de temps pour la poésie mais exactement pour ce qui est ».

1. Martin Heidegger, « Gelassenheit » in *Question III*, trad. André Préau, Paris, Gallimard, 1966, p. 205 sq.

Le dénuement et le sans sujet

> « Un sujet grandiose n'est pas la garantie d'un effet grandiose mais, presque à coup sûr, du contraire. »
>
> Wallace Stevens [1]

Dans le haïku, fidèle en cela à la pensée bouddhique, l'homme n'est pas le « roi de la création », il ne se situe ni à part ni au-dessus du reste des êtres vivants. Il n'est pas une entité possédant une âme immortelle, mais il participe du jeu des vivants.

Les haïkus donnent, pour cette raison, le sentiment d'être impersonnel. L'auteur efface les traces. Selon Bashô : « La poésie jaillit d'elle-même quand vous et l'objet êtes unifiés, quand vous êtes entrés assez profondément dans la nature pour en voir le miroitement caché. Peu importe que vos poèmes soient bien agencés, si le sentiment n'est pas naturel, si vous et l'objet ne vous êtes pas fondus, vos poèmes ne sont pas de vrais haïkus, mais de simples imitations du réel [2]. »

Cet état naturel est d'autant plus présent que tout haïku évoque un moment de l'année par un « mot de saison » (*kigo*) qui témoigne d'une singulière entente du rapport de l'être humain au monde. Il existe ainsi des haïkus d'hiver ou de printemps, d'été ou d'automne ainsi que du Nouvel An, considéré au Japon comme une cinquième saison. Le *kigo* peut être explicite, la « chaleur d'été », le « vent d'automne » ou une simple allusion. Papillons et alouettes suggèrent, par exemple, le printemps tandis que les grillons et les chrysanthèmes rappellent l'automne.

1. Wallace Stevens, « Adagia », in *À l'instant de quitter la pièce*, trad. Claire Malroux, Paris, éd. José Corti, 2006, p. 151.
2. Bashô, in Eric W. Amann, *The Wordless poem*, 1969, trad. Daniel Py, http://www.tempslibres.org/tl/fr/livres/amann/lvaman1.html.

Mais toujours, le haïku touche à ce moment marqué par un moment donné.

Difficile de comprendre ce rapport aux saisons sans prendre la mesure du renversement qu'il implique pour nous. Pour le Japonais, la personne ne devient pleinement un « être humain » qu'en relation à son environnement, en s'y sentant partie prenante. Il n'est pas comme chez nous, séparé. Pour nous, la nature est une force merveilleuse ou inquiétante, mais toujours à dominer ; pour le poète japonais, elle n'est pas distincte de sa propre existence.

Aussi dans le haïku, la nature est la dimension même où l'homme demeure, se comprend, résonne. Le poète relie un événement humain à un événement plus vaste, le dispose dans un jeu de réverbération, lui redonne son ampleur.

Une telle approche est au cœur du travail de nombreux poètes actuels, soucieux de sortir d'une compréhension de l'être humain comme une « conscience » séparée du monde et lui faisant face. S'ouvre ainsi un tout autre rapport au monde que celui du ravage écologique du terrestre répondant au projet totalitaire de domination totale, qui est devenu notre destin.

L'intemporalité

Le haïku et le bouddhisme d'où il provient ne visent pas tant l'évocation de l'ici et maintenant qu'un surgissement de l'*ici-toujours* qui est tout à la fois éphémère et ouvert : « L'ici de la poésie japonaise, note Salah Stétié, se métamorphose, éclairé à la lampe intemporelle de son toujours, en une sorte d'ailleurs, *ailleurs-ici* en quelque sorte, dans une relation complexe entre l'instant qui est l'occurrence du poème, waka, tanka ou haïku, et le dépassement de l'instant. Processus en forme d'éclair, miracle de l'intuition, nous en trouverons de saisissantes illustrations d'intemporalité [1]. » C'est cette qualité de « bref étonnement » qu'évoque Rainer Maria Rilke ; il fait du haïku un exemple de cet espace poétique véritable qui n'est pas une imitation de l'espace réel, mais sa pleine transposition : « C'est là une des grandes questions de l'Art, de tous les arts (combien, par exemple, ça fait souffrir de voir parfois intercalé entre les tons d'une œuvre musicale un morceau de silence véritable, de silence profane, un vide trop "vrai", comme le vide d'un tiroir et d'un porte-monnaie…) Et dans la poésie : combien d'espaces réels partout, entre les mots, entre les strophes, tout autour d'un poème ; cette réussite rare et exquise qui consiste à placer une chose imaginaire dans un espace approprié, c'est-à-dire tout aussi intérieur, telle que vous la réalisez me fait penser aux Haï-Kaï, ces minuscules unités poétiques, cultivés par les Japonais depuis le XVe siècle [2]. »

La poésie apparaît, au contact du haïku, comme cet espace premier où la distinction entre dedans et dehors, intérieur et extérieur, surface et profondeur n'a plus lieu d'être. Cet espace que Rilke a cherché à atteindre toute son existence, il le nomme « L'ouvert » ou encore « L'espace intérieur du monde ».

Cet état d'esprit ouvert, sans sujet, sans objet, est nommé en japonais *mushin*, littéralement état-de-non-esprit, non-pensée. Rien d'extraordinairement mystique – nous en faisons tous l'épreuve lorsque, cessant de tout analyser intellectuellement, nous sommes unis à ce qui est. Mais cette expérience, nous la considérons généralement comme n'étant pas digne d'être remarquée. Nous la vivons même, le plus souvent, comme un simple moment

1. Salah Stétié, « La poésie japonaise au miroir de la poésie occidentale », http://www.salahstetie.com/Essai/essai13.html.

2. Rainer Maria Rilke, « Lettre à Sophie Giauque », novembre 1925, in *Œuvres III*, *op. cit.*, p. 592.

d'égarement. Pour le poète, cette expérience, si ordinaire soit-elle, est l'espace même du poème.

Le haïku nous rappelle ainsi que la poésie est d'abord *mushin* – état-de-non-esprit qui n'est autre que la pensée authentique, la pensée non fabriquée, non élaborée mais à même, selon l'expression de Bonnefoy, de « rendre le monde au visage de sa présence ».

Être sans jugement et dans un rapport non moral au monde

Lorsque les Japonais, au début du XXe siècle, s'enquirent de la philosophie occidentale, ils commencèrent en grand nombre à venir en Allemagne étudier auprès de Husserl. Le philosophe allemand, dans son effort phénoménologique pour aller droit aux choses mêmes, recourt à ce qu'il nomme une *épochè*, une attitude pour mettre hors jeu l'emprise du jugement sur le phénomène.

Or le dessein du haïku rappelle cette perspective. Au lieu d'établir un jugement entre ce qui est beau ou laid, intéressant ou inintéressant, le poète perçoit leur être nu, tel qu'il se donne[1]. En fait l'épreuve. Une feuille morte tombe, un papillon passe ; ne rajoutons aucun sens à ces phénomènes, ne cherchons pas à y retrouver un symbole, une allusion à un enseignement, laissons-les être une « vision sans commentaire[2] ». Dans le haïku, le regard n'est ni sensible ni catégorial. En Occident, nous voyons une chose au travers des catégories qui nous permettent de la saisir : la feuille est en papier, elle est de couleur blanche, elle se trouve sur mon bureau.

1. Allan Watts, « Le haïku », in Nancy Wilson Ross, *Le Monde du zen*, Paris, Stock, 1976.

2. Roland Barthes, *L'Empire des signes*, Paris, Champs/Flammarion, 1970, p. 109.

Or précisément, une feuille de papier serait perçue, dans le haïku, avec une évidence beaucoup plus profonde. Comme le souligne Jean-Yves Masson, méditant l'œuvre de Hofmannsthal : « Qu'est-ce que le concept (*begriff*) ? C'est ce qui fait croire que l'on comprend (*begreifen*) une chose alors qu'en réalité on ne la saisit (*greifen*) nullement dans la singularité de sa présence [1]. »

Le concept et le réseau des catégories, s'ils me permettent de saisir en un instant ce qu'est la feuille, me mettent à distance de l'événement qu'elle est, comme en témoigne l'étonnante *Lettre de lord Chandos*. Le regard poétique, auquel donne droit le haïku, ne renvoie nullement à l'attitude naïve et commune. En effet, et c'est toute l'extrême difficulté, la feuille vue poétiquement est sans aucune position, sans saisie. Elle apparaît comme l'épreuve d'un événement simple qui garde l'inconnu qu'est la feuille devant moi. Tel est ce que cherche à dire, de façon bien imprécise, Michel Deguy : « Le haïku, poème bref de la co-présence et de la liaison instantanée, est langage évanouissant au profit d'une certitude de réalité [2]. » En fait, Michel Deguy ne perçoit pas que cette coprésence qu'il nomme pourtant est précisément un effet de langage !

Ici, il faut se mettre à l'écoute de Martin Heidegger tout particulièrement dans son dialogue avec le Japonais, *D'un Entretien de la parole*, qui éclaire ce sens du langage.

> « J – [...] nous autres Japonais sommes contraints d'appeler à l'aide l'esthétique.
>
> D – Dans quel but ?

1. Jean-Yves Masson, *Hofmannsthal, renoncement et métamorphose*, Paris, Verdier, 2006, p. 79.
2. Michel Deguy, « Axiomes pour une poétique généralisée » in *Vivre le sens*, Paris, Seuil, 2009, p. 80.

J – Elle nous procure les concepts nécessaires pour saisir ce qui vient à nous comme art et comme poésie.

D – Avez-vous besoin de concepts ?

J – Selon toute vraisemblance. Car, depuis la rencontre avec la pensée européenne, une incapacité de notre langue est venue au jour[1]. »

Or cette « incapacité », c'est précisément ce qui conduit tant de poètes modernes à apprécier le haïku. Voilà une poésie qui, par son absence de concept, est porteuse d'une pensée éminente. Une pensée qui n'est pas ailleurs que dans le poème, tel qu'il se lit. L'absence de concept n'est pas l'absence de langage ! Heidegger, par une méditation d'une densité incomparable de l'histoire de la métaphysique occidentale, a su montrer combien le concept, loin d'être le seul rapport au savoir, est une « camisole de force[2] », une « insulte » à la chose. Une autre pensée de la chose, que celle à laquelle en Occident nous avons donné naissance, est nécessaire. Dans ce chemin, Martin Heidegger reconnaît à la poésie qui pense autrement que par « concepts » une dignité profonde.

Et c'est donc porté par le même engagement, que Heidegger a pu prendre au sérieux à la fois la poésie et établir un authentique dialogue – le premier dans l'histoire de la philosophie occidentale – avec l'Orient et plus particulièrement avec le taoïsme et le bouddhisme. Ce que Heidegger nous apprend, c'est que, si l'Orient nous parle, il ne nous est pas irrémédiablement étranger, mais il est à même de répondre à l'appel, le plus ardent, au cœur de notre propre existence. Les poètes occidentaux qui se sont mis à l'école du haïku le savent. L'écoute du haïku s'explique, pour une part, par la menace qui pèse en Occident sur la

1. Martin Heidegger, « D'un Entretien de la parole », *Acheminement vers la parole*, trad. François Fédier, Paris, Gallimard, p. 87.

2. Martin Heidegger, G.A. 38, p. 62.

poésie – qui n'a plus de place, tant la mesure du concept s'est imposée partout au point de conduire le philosophe britannique Austin (1911-1960) à déclarer que la poésie est une parole creuse, parasitaire par rapport à la force des énoncés performatifs.

Un camélia fleurit dans le jardin

« Mallarmé appelait de ses vœux une pratique de l'écriture au sein de laquelle “l'homme, puis son authentique séjour terrestre” échangeraient mot par mot “une réciprocité de preuves” : n'est-ce pas ce qu'assure le haïku [1] ? » Lorsqu'on demande à un maître zen « Qu'est-ce que le zen ? », il donne des réponses non élaborées, frappant par exemple le questionneur sur la tête, ou encore il s'exclame de façon surprenante : « Trois livres de lin », « Le cyprès dans la cour » ou, comme Joshu, « Va laver ton bol ! » Ces propos ont en commun de refuser de répondre à une question dans les termes intellectuels où celle-ci a été posée et d'ouvrir ainsi l'esprit du questionneur sur le présent de sa propre question. C'est l'arrêt, sans condition, abruptement, de l'inquiétude qui seule importe.

Il n'est pas de plus grand contresens que de penser qu'une telle manière de faire provient d'une défiance du langage. Elle repose au contraire sur une profonde méditation de sa ressource.

La réponse singulière force l'esprit du demandeur à passer de l'abstrait au concret, de ses réflexions abstraites à l'ici le plus simple et le plus ouvert.

La manière de répondre d'un maître de haïku est semblable à celle du maître zen. Quand on demanda à

1. Yves Bonnefoy, « Du haïku », *Entretiens sur la poésie*, Paris, Mercure de France, 1990, p. 136.

Onitsura ce qu'était, en vérité, un haïku, il répondit : « Un camélia fleurit dans le jardin. »

L'étrange paradoxe du haïku est qu'il se présente, pour l'Occident, à la fois comme parole d'une sobriété désarmante, ne cherchant rien à expliquer, et à la fois comme chemin : « Le haïku est par essence plus qu'un poème, même au sens fort qu'on peut donner au mot, écrit Roger Munier. À l'égal des autres arts du Japon, tels que le nô, le tir à l'arc, la calligraphie, la peinture, l'arrangement des fleurs, l'art des jardins, il est tout imprégné de bouddhisme zen. Sa pratique, écriture et lecture, est en elle-même un exercice spirituel. Il n'est pas exagéré de dire que ce que propose un haïku achevé est une expérience qui s'identifie peu ou prou à celle du *satori*, de l'illumination [1] » – quoi qu'en pensent Étiemble ou René Sieffert déniant tout rapport entre le zen et le haïku.

Le haïku, comme la vie de Bashô le montre, est d'abord une Voie, qui touche aussi bien à ce que nous nommons philosophie, religion ou psychologie. Il touche à la vie même. Il nous rappelle que là où nous croyons être en présence des choses et des êtres, nous sommes en vérité d'abord en rapport au filtre de nos idées, de nos concepts, de nos pensées. Nous n'y voyons rien.

Le célèbre moine Saigyô a écrit au XIIe siècle, de manière éclairante : « Pour être en mesure de composer un poème, l'état doit différer grandement de l'état ordinaire. Touché par l'émotion que suscitent une fleur, un coucou, la lune, la neige, tout ce qui a forme, fût-il fallacieux, occupe la place de l'œil et emplit les oreilles. Les mots arrangés en versets ne sont-ils pas la vraie parole ? En chantant une fleur la pensée ne s'arrête pas à la fleur, en chantant la lune, la pensée ne se fixe pas sur la lune.

1. Roger Munier, *Haïku, op. cit.*

Mais la composition suit l'infinie variété des circonstances et se plie à l'état de l'émotion [1]. »

Le haïku a donc été une planche de salut pour de nombreux poètes modernes qui y ont retrouvé la dimension originaire de la poésie, perdue au cours des âges et attaquée par les Temps Nouveaux totalement requis par le culte de l'efficacité, du sujet maître et possesseur de la nature auquel rien ne doit résister.

En ce sens, le haïku, avant d'être la parole japonaise, est l'épreuve authentique de la poésie en tant que secret de la parole – manière pour l'être humain de laisser l'ouverture qui le soutient, irradier.

Dans le même temps, le haïku offre le visage d'un rapport au poème, inconnu de l'Occident, ne dévoilant aucune vérité, n'exprimant aucun sentiment, mais déployant ce qui est en ce qu'il est. Il rencontre, en ce sens, la modernité poétique, dans sa crise du lyrisme et sa méfiance de l'éloquence. Le monde n'apparaît plus comme la création d'un Dieu transcendant, porteur d'un sens à dévoiler, mais s'ouvre dans le « mince horizon des mots » comme en témoigne Paul Celan à la recherche d'une langue qui « ne transfigure pas, [...] ne "poétise" pas [2] ».

1. Saigyô, *Vers le vide*, poèmes présentés, traduits du japonais et commentés par Hiromi Tsukui et Abdelwahab Meddeb, Paris, Albin Michel, 2004.

2. Paul Celan, « Réponse à une enquête de la librairie Flinker », *Le Méridien & autres proses*, trad. Jean Launay, Paris, éd. du Seuil, 2002, p. 32.

VIII
COMMENT LIRE UN POÈME ?

« La poésie est la langue maternelle du genre humain ; comme l'horticulture est plus ancienne que le champ labouré, la peinture que l'écriture, le chant que la déclamation, les symboles que les syllogismes… »

Hamann, *Aesthetica in nuce*

« Si je lis un livre et qu'il rend mon corps entier si froid qu'aucun feu ne pourra jamais le réchauffer, je sais que c'est de la poésie. Si je ressens physiquement comme si le sommet de ma tête m'était arraché, je sais que c'est de la poésie. Ce sont les deux seules façons que j'ai de le savoir. Y en a-t-il d'autres [1] ? »

Emily Dickinson

« Or ce que le poète voudrait communiquer avec la plus grande discrétion, c'est ce qui ne se hurle pas sur les toits. »

Pierre Reverdy [2]

1. Emily Dickinson, *Autoportrait au roitelet*, trad. Patrick Reumaux, Paris, Hatier, 1990, p. 89.

2. Pierre Reverdy, *Cette émotion appelée poésie*, Paris, Flammarion, 1974, p. 245.

Aller droit à la poésie

> « Donnez-moi des nouvelles du monde.
> Et les arbres ont-ils toujours
> Ce grand besoin de feuilles, de ramilles,
> Et tant de silence aux racines ? »
>
> Jules Supervielle [1]

Hopkins est d'une difficulté de lecture qui m'a souvent arrêté. Un jour, rencontrant l'un de ses traducteurs, Bruno Gaurier, je lui ai demandé comment y entrer. Il me répondit : « Laissez-vous rouler dans le rythme et dans le son. Comme l'eau sur le roc au fond du cours d'eau. » Ce fut un très précieux conseil.

Le poème s'écoute, se « marche » et se « mâche » de vive voix avant que l'on parvienne à y entrer. Peu à peu, surviennent des éclairs de sens. Le poème vous habite et vous l'habitez. Sans patience, un tel effort est vain.

Une autre expérience où j'ai été exposé à la poésie, m'a beaucoup aidé lorsqu'un vieux monsieur rencontré par hasard, m'expliqua son amour de la poésie qui l'avait conduit à apprendre par cœur, entre autres, *Une saison en*

1. Jules Supervielle, « Le forçat » in *Le Forçat innocent*, Paris, Gallimard,1969, p. 10.

enfer. À ma demande, il se mit à me le réciter. J'eus alors l'impression d'entendre pour la première fois le poème de Rimbaud. Il n'y a aucune commune mesure entre une lecture d'un texte et sa récitation… En effet, comme le souligne Allen Ginsberg : « Peut-être que la place idéale du poème n'est-elle ni sur la page ni dans la lecture orale, mais dans la mémoire. On se souvient d'un beau poème, on se le récite en soi. C'est là que la poésie survit véritablement, à mon avis [1]. »

Comment lire un poème ?

En l'écoutant venir à la parole dans sa bouche et sur ses lèvres.

C'est ainsi qu'en témoigne Mandelstam : « Pour lire les vers de Pasternak primo, se racler la gorge, reprendre son souffle, gonfler les poumons [...] Voici des vers qui devraient être du meilleur usage contre la tuberculose [...] Le livre de Pasternak *Ma sœur la vie* constitue à mon sens un excellent manuel d'exercices respiratoires ; il oblige à poser la voix de manière chaque fois différente, à réajuster à chaque instant ce puissant appareil qui est le nôtre. [...] C'est ainsi, grommelant, battant les bras, que se tisse une poésie titubante, hébétée, pâmée de béatitude, et néanmoins la seule sobre, la seule en éveil de tout ce qui existe au monde [2]. »

Je rappelle ces deux expériences et la remarque de Mandelstam parce qu'elles m'ont profondément aidé et montrent que les discours intellectuels et savants sur la poésie nous égarent généralement. La poésie n'a rien d'un exercice intellectuel car, comme le note Ezra Pound : « L'art, un art, est comme une rivière en ce que son cours

1. Allen Ginsberg, in *Question de*, Albin Michel, Paris, 1989, p. 37.

2. Ossip. E. Mandelstam, « Remarques sur la poésie », in *De la poésie*, Arcades, Gallimard, 1990, p. 99-100.

est parfois dévié par la forme de la vallée, mais reste, en un sens indépendant de cette vallée. La couleur de l'eau dépend du lit de la rivière, des rives qui l'enserrent et qu'elle a traversées. Les objets immobiles s'y reflètent, mais la rivière est avant tout mouvement. L'homme de science s'intéresse aux objets, l'artiste au mouvement[1]. »

La poésie est même la résistance la plus résolue à cette accumulation de savoir, à ces « eaux d'égout croupies » dont parle Ezra Pound, dans lequel flottent de petits morceaux de science, de religion, d'histoire... et que l'on nomme la culture. Nietzsche ne s'y était pas trompé, dénonçant « le désert de notre culture épuisée[2] ».

Alors que le critique Étiemble publia les deux volumes de son étude sur Rimbaud, intitulée *Le Mythe Rimbaud*, René Char, dans un texte aujourd'hui publié dans *Recherche de la base et du sommet*, s'enflamma : « Étrange sort ! Je est un autre. L'action de la justice est éteinte là où brûle, où se tient la poésie, où s'est réchauffé quelque part le poète. Qu'il se trouve un vaillant professeur pour assez comiquement se repentir, à quarante ans, d'avoir avec trop de véhémence, admiré, dans la vingtième année de son âge l'auteur des *Illuminations* et nous restituer son bonheur ancien mêlé à son regret présent, sous l'aspect rosâtre de deux épais volumes définitifs d'archives, ce labeur de ramassage n'ajoute pas deux gouttes de pluie à l'ondée, deux pelures d'orange de plus au rayon de soleil qui gouverne nos lectures[3]. »

Ce texte entraîna une violente polémique. En quelques phrases, néanmoins, René Char rappelait l'évidence : seule la lecture amoureuse est digne d'un poème. Elle ne néglige nullement la rigueur la plus extrême, le souci

1. Ezra Pound, *Esprit des littératures romanes*, trad. Pierre Alien, Paris, 1996, 10/18, p. 8.

2. Nietzsche, *Naissance de la tragédie*, Paris, Gallimard, 1989.

3. René Char, *Recherche de la base et du sommet*, Paris, Gallimard, Bibl. de la Pléiade, 1984, p. 727-734.

scrupuleux de la langue en sa matérialité. Mais l'essentiel est d'abord, toujours dans l'écoute de la poésie en elle.

Étiemble, qui crut montrer combien René Char n'était pas philologue et scientifique, reçut même sur ce point une leçon. Étiemble reprocha en effet à René Char, qui venait de publier un volume de son devancier, d'avoir choisi la « leçon la plus paresseuse » des manuscrits, alors que Char se targuait de retenir « la leçon la plus conforme à l'originalité de Rimbaud ainsi qu'aux desseins de la poésie ». Il s'agit de deux vers de *Comédie de la soif* que Char aurait « mal » ponctués en les donnant ainsi :

> « Descendons en nos celliers ;
> Après, le cidre et le lait. »

Selon Étiemble, cela relève d'une faute de goût, puisqu'une telle ponctuation, « hachant la phrase, en ruine d'un seul coup et le sens et le rythme : Rimbaud, nous le savons, avait écrit tout autre chose [...] c'est-à-dire : allons chercher du cidre et du lait à la cave. [...] parce que ces deux vers, c'est tout ce que vous voudrez, une chansonnette par exemple, tout, sauf de la poésie. Vous aurez beau vous tarabuster les méninges, ou l'ignorance, et ponctuer, en dépit du bon sens ou des manuscrits, pour obtenir un effet d'étrangeté, Rimbaud ne dit que ce qu'il dit. » Rimbaud, s'il ne parlait pas le patois ardennais, utilisait des « ardennismes » : « Quiconque en 1957 réincarne Rimbaud devrait au moins savoir que celui-ci disait aller après (pour aller chercher) quelque chose. »

Or un nouveau manuscrit du poème qui fut découvert peu après cette virulente querelle, donna raison à Char contre Étiemble. La poésie a raison ! Elle est plus rigoureuse que la science !

Délaisser critiques et universitaires

> « La moralité de l'atmosphère rayonnante et féconde du poète est la moralité de la sensation juste. »
>
> Wallace Stevens [1]

La poésie se refuse aux discours des fossoyeurs professionnels : les universitaires, les critiques et autres hommes et femmes d'institutions qui savent généralement de la poésie si peu, même si d'en discourir, ils en ont fait leur métier. Comme le constatait, déjà en son temps Ezra Pound : « Les professeurs qui considéraient leur "sujet" comme un manuel d'exercices s'élevaient rapidement à des emplois exécutifs. Ceux, par contre, qui avaient une aptitude naturelle à comprendre leurs auteurs et à produire un effet général de bien-être en la présence d'œuvres, stagnaient obscurément dans des situations moins élevées [2]. »

Rilke l'a dit dans ses *Lettres à un jeune poète* : « Lisez le moins possible d'ouvrages critiques ou esthétiques. Ce sont, ou bien des produits de l'esprit de chapelle, pétrifiés, privés de sens dans leur durcissement sans vie, ou bien

1. Wallace Stevens, « Figure du jeune homme en poète viril » in *L'Ange nécessaire*, Paris, Circé, 1997, p. 55.
2. Ezra Pound, « Comment lire... », Cahiers de L'Herne, t. 1. 1965, p. 62.

d'habiles jeux verbaux ; un jour une opinion y fait loi, un autre jour c'est l'opinion contraire. Les œuvres d'art sont d'une infinie solitude ; rien n'est pire que la critique pour les aborder. Seul l'amour peut les saisir, les garder, être juste envers elles [1]. »

Le poids du discours savant est devenu si lourd, il a fini par tant nous impressionner que nous n'osons plus lire, avec innocence, un poème. Nous croyons que ce n'est pas pour nous. Que nous ne sommes pas assez savants. Nous nous livrons alors à des discours qui, en nous rassurant, assèchent la réserve du poème.

Certes, souvent le poème se refuse à nous. Nous n'y sommes pas. Il faut le supplier. Lui demander de l'aide. Lui seul peut nous aider à ouvrir la porte qui nous mène à lui. Pour pouvoir lire un poème, il n'est pas d'autre possibilité que d'être face à lui : « Si l'œuvre se laisse mesurer à l'aune de sa paraphrase, c'est que les draps n'y sont pas froissés, c'est que la poésie est allée coucher ailleurs [2]. » Bien sûr, un ancien, un professeur, un ami, un être rencontré en chemin, peut vous vous conduire à vous placer face au texte. Telle est même l'éducation. Son rôle est de nous permettre d'entrer dans le texte, non d'en prendre la place.

Où peut-on néanmoins trouver de l'aide ?

Le premier appui dont tout lecteur devrait disposer, ce sont les textes lumineux des grands poètes modernes : Hölderlin, Baudelaire, Rimbaud, Apollinaire, Reverdy, Pound, Williams, Char, Mandelstam qui ont écrit sur la poésie. Ils sont des guides précieux et sûrs.

Nous avons ensuite les textes de nombreux poètes qui

1. Rainer Maria Rilke, *Lettres à un jeune poète*, trad. Bernard Grasset et Rainer Biemel, Paris, Bernard Grasset, 1937, p. 33.

2. Ossip. E. Mandelstam, *Entretien sur Dante*, trad. Louis Martinez, Lausanne, L'Âge d'Homme, 1977, p. 10.

se sont penchés sur leurs pairs, leurs aînés avec respect et amour ; que l'on songe ici aux textes de Jean Paulhan, d'Octavio Paz, de Bonnefoy ou de Jaccottet, de Jean-Yves Masson, de Yves di Manno, de Robert Marteau ou de Jean-Michel Maulpoix.

Certains grands professeurs, miraculeusement préservés de ce « ténia universitaire [qui] entasse jalousement ses excréments dans des livres [qui] n'apportent rien [1] » comme, par exemple, Daniel Poirion, J.-F. Angelloz, Gabriel Germain ou Pierre Brunel, rendent de grands services. L'amour de la poésie, la rigueur de la lecture, la curiosité intelligente les habitent.

Enfin quelques philosophes lisent les poètes avec une grande rigueur et un souci de les lire avec l'attention la plus soutenue. Je me suis personnellement beaucoup appuyé, ici, sur l'ouvrage d'Hadrien France-Lanord, *Paul Celan et Martin Heidegger, le sens d'un dialogue* d'une solidité de vision et d'écriture impressionnante.

Mais il faut se souvenir qu'un poème ne s'explique pas. On s'approche de lui comme on s'approche des lèvres d'un amant ou d'une maîtresse, dans la crainte et le désir le plus vivifiant. L'essentiel repose sur le choc d'une rencontre qui s'impose et que rien n'explique. J'ai lu, alors que j'avais quatorze ans, un poème de Paul Celan, par hasard, dans une revue. Et même si je n'avais lu qu'une traduction, ne connaissant pas un mot d'allemand, ne sachant pas qui était cet auteur, pendant des années, aucun poème ne tenait plus face à l'ardeur de ce texte qui m'a construit et rendu le monde un peu plus respirable.

1. William Carlos Williams, *Le Printemps et le reste*, trad. Valérie Rouzeau, éd. Unes, 2000, p. 65.

À défaut de méthodes, quelques indications peuvent rendre service. Il est préférable, même si cela semble étrange et contraire aux usages scolaires, de commencer avec les poètes du XXe et du XXIe siècle car ils sont le plus à même de nous parler dans le choc de notre présent. À partir d'eux, il faut remonter peu à peu aux classiques. Telle est la remarque de Cesare Pavese : « La culture doit commencer par le contemporain et le documentaire, *par le réel*, pour remonter – si c'est possible – aux classiques. Erreur humaniste : commencer par les classiques. Cela habitue à l'irréel, à la rhétorique et, en définitive, au mépris cynique de la culture classique – d'autant qu'elle ne nous a rien coûté et que nous n'en avons pas vu la valeur (la contemporanéité avec leur époque)[1]. »

Autre conseil : il est bon de commencer par lire des auteurs dans sa langue natale – la traduction de la poésie nous en fait nécessairement perdre une part. Pour un Français, lire au premier chef Rimbaud, c'est s'appuyer sur le terrain le plus ferme et pouvoir s'engager dans le véritable sérieux de la poésie. Mais après, il faut se laisser appeler par la poésie partout où elle rayonne. Et pour ma part, je trouve que les poésies russe et américaine du XXe siècle ont un éclat tout à fait unique.

Le principe commun à ces remarques est tout simple : il faut commencer par le plus évident et le plus grand. Car une fois que nous sommes en rapport à la poésie dans sa perfection, une fois formé à lire, il est alors possible de s'orienter avec confiance.

Ayant établi un rapport direct au texte, il peut alors être précieux de connaître à quel pays, à quel temps, à quelle race appartient un poète au sens où Saint-John Perse peut écrire, pour clore *Exil* : « Et c'est l'heure, ô Poète, de

1. Cesare Pavese, *Le Métier de vivre*, traduction de Michel Arnaud, Paris, Gallimard, 1959 ; rééd. Folio n° 1895, 1977, p. 236.

décliner ton nom, ta naissance et ta race. » Savoir que la poésie de Federico García Lorca naît du chant de l'Espagne mais aussi de la Génération de 27, connaître le destin tragique de Paul Celan, le courage de René Char, son expérience ancrée dans la Résistance dont il témoigne dans *Feuillet d'Hypnos*, peut nous aider. De même, on comprend d'autant mieux Chrétien de Troyes que l'on sait qu'il est un auteur du XIIe siècle et non du siècle suivant, où tout se transforme et en particulier la compréhension de l'idéal chevaleresque et de l'immensité de l'amour. Mais comme le souligne Ezra Pound, que je cite d'autant plus souvent qu'il a été pour l'Amérique le grand pédagogue, et qu'il a révélé aux Français leurs propres racines et en particulier les troubadours : « Toutes les époques sont contemporaines [...]. L'avenir est présent dans l'esprit de certains. Ceci est particulièrement exact en littérature, où le temps vrai ne dépend pas de la chronologie, où beaucoup d'hommes déjà morts sont les contemporains de nos petits-enfants, et où tant de nos contemporains sont déjà réunis dans le sein d'Abraham, ou quelque autre réceptacle idoine [1]. »

Ce qu'il faut comprendre c'est que « le savoir ce n'est pas une inondation de l'intelligence par des tonnes d'informations compliquées [2] », comme le souligne Williams, mais une façon d'affirmer le réel dans son élan. Aussi, toute poésie est réfractaire à l'histoire de la littérature.

1. Ezra Pound, *Esprit des littératures romanes*, trad. Pierre Alien, Paris, 1996, 10/18, p. 8, sq.

2. William Carlos Williams, *Le Printemps et le reste*, trad. Valérie Rouzeau, éd. Unes, 2000, p. 78.

Commencer par lire les grands poètes

> « Il y a beaucoup de gens qui apprécient l'expression de l'émotion sincère en poésie, et il y en a un nombre plus restreint qui savent apprécier l'expression de l'émotion "significative", émotion qui tire sa vie du poème, et non de l'histoire du poète. »
>
> T. S. Eliot[1]

Mais par quel texte, par quel poète, commencer ? Que lire ?

Deux indications contraires s'imposent pour répondre comme il faut à cette importante question.

— L'important est que le poète s'adresse à vous. Peu importe quel est-il.

— Mais dans le même temps, il est crucial de se mettre le plus vite possible à l'air le plus pur, à l'air de la poésie la plus parfaite et de ne pas s'égarer. Il y a là un étrange cercle. On reconnaît la poésie d'autant plus qu'on est familier avec elle. Comment l'être sans avoir déjà commencé à la lire ? Comment commencer à la lire sans savoir ce qu'elle est…

1. Cité in Jacques Charpier et Pierre Seghers, *L'Art poétique*, Paris, Seghers, 1956, p. 576.

Cette marche précautionneuse est le mouvement même de la véritable éducation. Une manière de se former. On apprend à respirer au sommet des montagnes, à soutenir le feu, à distinguer les effets du pur sentiment et des émotions fabriquées de la parole qui vous saisit et vous libère.

Au risque de sembler brutal et arbitraire, il faut reconnaître qu'il existe très peu de grands poètes par siècle. Et pour entrer en poésie, autant commencer par ceux où la poésie irradie de mille feux. Comme l'écrit, dans *La Confession d'un voyou*, Sergueï Essenine (1895-1925) assassiné probablement par le régime soviétique :

> « Tout le monde peut chanter,
> Il n'est pas donné à chacun
> De tomber comme une pomme aux pieds des autres. »

À lire les mauvais poètes, qui font carrière, dont on parle, qu'on apprend à l'école, qui reçoivent des prix littéraires, on rend moins aisé de reconnaître la voix unique de la poésie. Comme l'écrivit Mandelstam : « Fréquenter, même d'assez loin, le cercle des producteurs de poésie vous fait entrer dans un monde maladif, pathologique, un monde d'originaux, de gens dont le nerf essentiel, celui de la volonté et du cerveau, a été sectionné, un monde de ratés notoires, inaptes à s'adapter au combat pour la vie, souffrant le plus souvent d'une maigreur non seulement intellectuelle mais physique[1]. » Le discours commun selon lequel peu importe ce que les gens lisent, que l'important est qu'ils lisent, est lourd de bêtise. Non, il vaut mieux ne pas lire. Lire n'est d'aucune vertu. Et la plupart de ceux qui se disent poètes et ont des fonctions dans la poésie ne font que nous égarer au plus loin de la

1. Ossip. E. Mandelstam, *La Quatrième Prose*, Paris, Christian Bourgois, 1993, p. 50.

poésie, comme le dit de manière claire et sans détour Pierre Reverdy : « Jamais je n'ai pu lire les Poètes que, pris en bloc, je tiens pour les plus assommants de tous les rongeurs qui grattent du papier[1]. »

---

1. Pierre Reverdy, « Présent du poète à la postérité», *Cette émotion appelée poésie*, Paris, Flammarion, 1974, p. 114.

Il faut distinguer les poètes mineurs, d'une parfaite intégrité, et qui sont réellement poètes, des littérateurs professionnels qui saccagent la poésie.

Refuser l'infamie psychologique et ne pas accorder trop d'importance au biographique

Les obstacles pour lire un poème comme il faut sont nombreux ! D'abord, le discours théorique qui, privé de tout amour, comprend peu et aveugle le lecteur, l'impressionne et le tient éloigné de l'espace où un rapport possible et personnel s'ouvre au poème.

Ensuite la masse des poètes professionnels et officiels qui constituent la conspiration des médiocres. Cette confrérie de littérateurs s'arme d'une conception de la poésie faite de platitudes rassurantes. Elles nous alourdissent et peuvent bien aisément réussir à nous égarer.

Enfin, le règne de la psychologie ronge d'une façon acide l'écoute du poème. Là où règne la psychologie, la poésie n'a pas de place. Cette loi intangible se vérifie en toute situation. Elle ne connaît aucune exception. L'ordre poétique est incommensurable avec celui de l'explication psychologique.

Chaque époque de l'humanité a préféré son type de discours, sa manière de chasser la poésie par des *explications* raisonnables, *explications* qui, à la génération suivante, ont semblé si ce n'est aberrantes du moins dépassées. Mais cela n'empêche pas les hommes de s'y cramponner. D'en fabriquer de nouvelles, toutes plus égarantes que les autres quant à l'essentiel : la vérité de l'existence humaine, la nôtre, ici et maintenant.

On est ainsi passé d'une analyse théologique à une analyse biologique ou psychologique. Si l'on souffrait, il y a une cause. C'était autrefois le fruit du péché, désormais nos barrages émotionnels, nos blessures affectives ou encore nos gènes.

Je ne mentionne pas ici le ravage causé par les sciences humaines et leur jargon illisible, déjà passé de mode, qui n'est d'aucun don pour le poète.

La poésie ne connaît pas nos causalités qui, sous couvert de nous rassurer, nous aliènent du « ciel appris, ciel vivant » évoqué par Jean Follain [1]. Elle est, pour cela, sans pitié. Cruelle même.

Elle se moque de nos bavardages. Elle ouvre l'autre visage du monde. Le seul.

Saint-John Perse aurait, à en croire la masse compacte des critiques bornés et autres crétins académiques, forgé une figure illusoire du poète, dont une recherche biographique sérieuse pourrait enfin nous délivrer. Le volume de la Pléiade, qu'il a lui-même composé, au lieu d'apparaître pour ce qu'il est, une merveille d'intelligence à même de mettre le lecteur dans les meilleures dispositions pour entrer dans une des grandes œuvres du XXe siècle, est dénoncé comme fautif, car sans égard pour l'enregistrement biographique. Pourtant, comme l'écrit Saint-John Perse : « La personne de l'auteur n'appartient pas au lecteur, qui n'a droit qu'à l'œuvre publiée, comme à un fruit détaché de l'arbre [2]. » Saint-John Perse a porté à son acmé le refus de répondre aux demandes de connaissances bio-

1. Jean Follain, « Chants terrestres » in *Usage du temps*, Paris, Gallimard, 1943, p. 100.

2. Saint-John Perse, *Correspondance avec Alain Bosquet*, Paris, Gallimard, 2004, p. 92.

graphiques qui seraient censées expliquer l'œuvre : « Mon œuvre tout entière, de recréation, expliquait-il, a toujours évolué hors du lieu et du temps : aussi allusive et mémorable qu'elle soit pour moi dans ses incarnations, elle entend échapper à toute référence historique aussi bien que géographique ; aussi vécue qu'elle soit aussi pour moi contre l'abstraction, elle entend échapper à toute incidence personnelle[1]. » Dans une lettre, il s'étonne : « Je n'ai jamais pu comprendre que le lecteur, au-delà de l'œuvre, eût aucun droit à la personne de l'auteur[2]. »

La vie saisie en ses profondeurs les plus réelles n'a pas grand-chose à voir avec les faits enregistrés. Nous le savons tous. Notre C.V. dit-il véritablement l'aventure de notre existence ? Quand il s'agit de la poésie qui précisément touche à cette région où l'homme se retrouve dénudé, en face de l'univers, de la mort et des origines, où le mythe devient seule parole de vérité, l'oublier, et donner droit au biographique et à la psychologie est un geste abject et sacrilège. Les visions d'un poète sont plus réels que nos mesures habituelles. René Char y revient dans son texte sur Arthur Rimbaud : « Récemment, on a voulu nous démontrer que Nerval n'avait pas toujours été pur, que Vigny fut affreux dans une circonstance niaise de sa vieillesse. Avant eux, Villon, Racine… (Racine que son plus récent biographe admoneste avec une compétence que je me suis lassé de chercher). Ceux qui aiment la poésie savent que *ce n'est pas vrai*, en dépit des apparences et des preuves étales[3]. » La vie réelle est dite d'abord par la poésie.

1. Saint-John Perse, *Correspondance avec Roger Caillois*, Paris, Gallimard, 1996, p. 102.

2. Saint-John Perse, *Correspondance avec Alain Bosquet*, Paris, Gallimard, 2004, p. 38.

3. René Char, *Œuvres complètes*, Paris, éd. Gallimard, Bibl. de la Pléiade, 1984, p. 728.

Un des visages honteux de cette psychologie régnante conduit chacun à s'ériger comme le Juge du poète : sa vie est alors mesurée à l'aune des conventions ordinaires. Or la vie d'un poète est dans ses poèmes, dans son rapport à la langue et l'une des plus belles reconnaissances qu'il est possible de lui adresser est celle de Nelly Sachs à Paul Celan : « Cher ami, vous avez saisi la racine de la langue comme Abraham la racine de la foi [1]. »

Pourtant, d'une manière très étrange, la vie d'un poète devient elle aussi, parfois, poème, mais pour autant qu'on cesse de la considérer psychologiquement – ce qui demande aujourd'hui un effort héroïque.

1. Nelly Sachs, Paul Celan, *Correspondance*, trad. Mireille Gansel, Paris, Belin, 1999, p. 28.

Interpréter et lire

« Vous n'étiez pas préparé à Rilke, Rilke est venu et vous a ravi, des ravisseurs – voilà ce que sont les poètes, on ne peut ni s'y préparer ni négocier avec eux[1] ! »

Marina Zvétaieva

« La parole poétique est tissée comme un tapis dont les trames multiples ne se distinguent que par la couleur que leur confère l'interprétation, dans l'étagement des portées où se meuvent sans arrêt les signaux impératifs de l'instrumentation[2]. »

Ossip Mandelstam

Lire la poésie est un art, « un art des plus grands et des plus difficiles », et le titre de lecteur est non « moins respectable que celui de poète[3] ». Il consiste non pas à attribuer à un poème une signification fixe, mais à le lire dans tous les sens, à ouvrir la possibilité du sens, à entrer

1. Marina Tsvetaeva, *Lettres de la montagne*, Sauve, Clémence Hiver, 2005, p. 55.

2. Ossip. E. Mandelstam, *Entretien sur Dante*, trad. Louis Martinez, Lausanne, L'Âge d'Homme, 1977, p. 11.

3. Ossip. E. Mandelstam, *La Quatrième Prose*, Paris, Christian Bourgois, 1993, p. 53.

dans la langue du poème. « Dans un poème, souligne Simone Weil, si l'on demande pourquoi tel mot est à tel endroit, et s'il y a une réponse, ou bien le poème n'est pas de premier ordre, ou bien le lecteur n'a rien compris. Si on peut dire légitimement que le mot est là où il est pour exprimer telle idée, ou pour la liaison grammaticale, ou pour la rime, ou pour une allitération, ou pour remplir le vers, ou pour une certaine coloration, ou même pour plusieurs motifs de ce genre à la fois, il y a eu recherche de l'effet dans la composition du poème, il n'y a pas eu de véritable inspiration. Pour un poème vraiment beau, la seule réponse, c'est que le mot est là parce qu'il convenait qu'il fût. La preuve de cette convenance, c'est qu'il est là, et que le poème est beau. Le poème est beau, c'est-à-dire que le lecteur ne souhaite pas qu'il soit autre[1]. »

La meilleure chose à faire est donc de porter son attention à la matérialité du poème, à son corps, à son rythme, à la disposition sur la page, à sa manière de placer les vers, les mots sur la ligne… Méfions-nous des « lectures » : elles sont toutes des impasses, à l'instar de celle de Freud voyant dans un tableau de Léonard de Vinci un complexe d'Œdipe. Freud cherche ce qui n'a rien à voir avec la peinture de Léonard de Vinci et qui, n'étant pas pictural, n'importe aucunement. Lire la poésie, c'est apprendre à se placer sous son feu à elle. Accepter de ne pas être obnubilé par la compréhension habituelle. Le verbe « lire » vient du latin *legere* et du grec λευγειν qui signifient : mettre ensemble. On retrouve *legere* dans *collectum*, la cueillette. Qu'est-ce que l'on cueille ? Des fleurs pour un bouquet, des fleurs dont on fait l'é-lection. Faire un bouquet, ce n'est pas effectuer une sélection, mais bien une « élection ». Telle est la lecture : être capable de mettre ensemble ce qui va ensemble, ce qui a de

1. Simone Weil, « Formes de l'amour implicite de Dieu », *Œuvres*, Paris, Gallimard, 1999, p. 741.

la « sympathie ». Mais ce qui *va* ensemble ne va jamais ensemble que si on le met ensemble et tel est l'exercice de la lecture qui requiert une immense attention et une grande patience.

En ce sens, lire un poème, c'est devenir poète. Il est crucial, pour le comprendre, d'en finir avec le mythe de la créativité qui imposerait que chacun écrive des poèmes. Je suis bien plus poète quand je lis un grand poème que lorsque je m'exprime et en écris !

La poésie est-elle marquée par une « absence de limpidité » ?

> « Ils m'ont appelé l'Obscur, et j'habitais l'éclat. »
>
> Saint-John Perse, *Amers*

> « Je n'aime l'étrange que s'il est acclimaté, amené à la température humaine. »
>
> Jules Supervielle [1]

Au sens strict, rien de plus limpide qu'un slogan publicitaire ou politique. On peut devenir président des États-Unis d'Amérique en affirmant « Yes we can » comme le fit Barack Obama, mais que peut-on faire de la phrase de Rilke, qu'il choisit pour épitaphe, « Rose, ô contradiction, volupté de n'être le sommeil de personne sous tant de paupières » ? Évidemment, la phrase de Rilke n'est pas limpide !

C'est, comme l'écrit Mandelstam, que « nous avons désappris l'art de décrire les seules réalités dont la structure se prête à la représentation poétique : les impulsions,

1. In Jacques Charpier et Pierre Seghers, *L'Art poétique*, Paris, Seghers, 1956, p. 632.

les intentions, les oscillations[1] ». La poésie n'est faite ni de slogans ni de la description objective de faits ! « Je ne suis pas obscur, écrivit ainsi Mallarmé dans une lettre à Edmund Gosse, du moment qu'on me lit pour y chercher [...] la manifestation d'un art qui se sert [...] de langage : et le deviens, bien sûr ! si l'on se trompe et croit ouvrir le journal[2]. »

Comme le remarque Rilke, le poète recevant son poème ne peut pas le rendre totalement intelligible et doit, comme tout lecteur, accepter une part d'inconnu. « Est-ce à moi de donner, écrit Rilke, la bonne explication des *Élégies* ? Elles vont beaucoup plus loin que moi. » En fait : « Si de l'obscurité demeure, elle est d'une sorte qui ne demande pas d'éclaircissement, mais de la soumission[3]. »

Et comme le note pour sa part Zvétaieva : « Ce n'est pas aux vers (aux rêves) qu'il faut joindre une clef, ce sont les vers qui sont la clef pour tout comprendre[4]. »

L'une des raisons de la difficulté particulière de la poésie moderne, à première vue moins limpide que la poésie conceptuelle et sentimentale que nous sommes accoutumés à prendre pour poésie, est qu'elle fait un extraordinaire travail de pointe pour nous délivrer de l'usage habituel et fatigué de la langue, et au premier chef de sa syntaxe. En effet, comme le dit de façon si juste Mandelstam : « Notre syntaxe est un héritage encombrant de la scolastique[5]. » Le poète moderne aspire à s'en déli-

---

1. Ossip. E. Mandelstam, *Entretien sur Dante*, trad. Louis Martinez, Lausanne, L'Âge d'Homme, 1977, p. 69.

2. Stéphane Mallarmé, *Œuvres complètes t. I*, édition présentée, établie et annotée par Bertrand Marchal, Paris, Gallimard, Bibliothèque de la Pléiade, 1998, p. 807.

3. Rainer Maria Rilke, *Briefe aus Muzot*, Leipzig, Insel-Verlag, 1936, p. 198 et 332 cité in Wolfgang Leppman, *Rainer Maria Rilke*, Paris, Seghers, 1984, p. 270.

4. Marina Tsvetaeva, *Après la Russie*, Payot & Rivages, 1993, p. 10.

5. Ossip. E. Mandelstam, *Entretien sur Dante*, trad. Louis Martinez, Lausanne, L'Âge d'Homme, 1977, p. 40.

vrer. La poésie doit ainsi, pour retrouver la parole en liberté, court-circuiter « toutes nos idées en matière de composition car notre esthétique, agenouillée devant les habitudes de pensée syntaxiques, n'est pas en mesure de les dominer[1] ». Cette fragmentation de la syntaxe conduit à une écoute neuve du silence au point que la poésie moderne devienne, de manière assumée et explicite, « les noces de la parole et du silence[2] ».

Ce double caractère de la poésie moderne – penser autrement le *logos* que par la grammaire et donner droit au silence – lui permet de retrouver l'origine antique. Car, comme le souligne Jean-Paul Savignac, « le langage poétique des Anciens ne dissociait pas, dans la parole, le Sens, le Son et l'Être ». Notre tache en lisant un poème est de retrouver cette unité. Le rêve du *Cratyle* que les mots émanent des choses mêmes, devient réel : « L'arbitraire du signe est aboli. L'intensité des sensations nous rend capables d'affirmer, comme Rimbaud : "Une fleur me dit son nom." Le poète retrouve sa vocation de rassembler les sons qui rôdent dans le monde[3]. »

---

1. Ossip. E. Mandelstam, *Entretien sur Dante*, trad. Louis Martinez, Lausanne, L'Âge d'Homme, 1977, p. 42.

2. Eugène Guillevic, *Vivre en poésie*, Paris, Stock, 1980, p. 186.

3. Jean-Paul Savignac, *Le Mythe antique, pourpre et ors*, Paris, éd. de La Différence, 2008, p. 13, sq.

IX
… ET POURTANT LA POÉSIE EST LA VRAIE VIE

« Les poètes tendent les mains vers les hommes. Mais les hommes ne voient pas des mains amicales, ils voient des poings crispés visant leurs yeux et leurs cœurs [1]. »

Franz Kafka

« J'assimile le poème à la barque funéraire égyptienne. Tout y est en réserve pour la vie, rien n'a été oublié [2]. »

Ossip Mandelstam

1. Gustav Janouch, *Conversations avec Kafka*, Paris, Nadeau, 1978, p. 186.
2. Ossip Mandelstam, *De la nature du mot*, 1919.

La haine de la poésie signe-t-elle notre temps ?

Me mettant à l'écoute de la poésie, je suis frappé par la haine qu'elle suscite, une haine inexorable et sans pitié. La poésie est partout considérée, comme le constate Pierre Reverdy, « comme une simple manifestation de sottise dont les hommes devraient, non pas seulement se passer, mais se guérir – ce qui leur permettrait enfin d'aborder plus sérieusement et de mieux prendre les données brutalement affirmatives du réel [1] ».

Le poète est l'homme que les jeux de pouvoir, la violence sociale, l'hypocrisie courante épuisent. Il n'a aucune vertu à ne pas s'adonner à ces jeux. Il en est juste incapable. Il est fait d'un autre bois.

Lui, seul, n'est pas utile. Il refuse même notre idolâtrie de l'utilité qui réduit tout – un fleuve, une chose, un homme – à l'usage que l'on peut en faire. La poésie est, pour cette raison précise, source de haine. Elle nous parle bien trop de ce point qui est à l'écart de l'immédiateté brusque et brutale que l'on prend, et que l'on veut nous faire prendre, pour la « réalité ».

Le mot de haine semble fort. Il paraît même exagéré, personne n'attaque la poésie en propre ; il ne lui est sim-

1. Pierre Reverdy, *Cette émotion appelée poésie*, Paris, Flammarion, 1974, p. 60.

plement fait aucune place et quiconque témoigne de sa nécessité, de l'impossibilité de vivre sans l'air qu'elle octroie, n'est tout simplement pas entendu. Ne serait-il pas plus juste de dire que la poésie est ignorée dans notre monde ? Que simplement on n'en dit rien ?

Ce serait une profonde erreur. Notre temps est empreint d'une haine qui se marque par le règne absolu, total, totalitaire même, de l'efficacité, de l'absence de toute écoute du rythme du monde. Notre monde est construit pour que la poésie soit inaudible. Il la hait… car elle le menace en sa racine. Et elle est désormais la seule en cette situation.

Elle est la seule provocation réelle et donc le seul contrepoison conséquent. Pour elle, ce qu'on nomme – aveuglement – le monde du progrès, de la liberté triomphante, et du triomphe de la raison n'est qu'un monde mort, un monde de morts. Ou plus précisément : un monde sans mort et donc un monde sans vie. Un monde où la mort n'a plus cours. Où la vie n'a plus cours. Un monde uniforme et uniformisé. Qu'il faut encore et toujours mieux uniformiser. Un monde surtout sans la poésie. Un monde esthétique. Un monde de plus en plus esthétique où doit régner le confort de la médiocrité assurée. Comme l'écrit Louis-René des Forêts : « il n'y a plus de lieu à vénérer, nul acte de gloire ni d'intelligence pour absoudre un monde séduit par la force étendant partout sa souillure [1]. »

Et les chiourmes du conformisme social, tels les intellectuels engagés, les artistes provocateurs et autres pseudo-aventuriers du commerce veillent au grain. La poésie ne passera pas par eux.

Un des textes qui m'a d'abord le plus dérouté fut celui de Rainer Maria Rilke dans une lettre écrite en 1919 : « L'œuvre artistique ne peut rien changer ni rien améliorer ; une fois créée elle se tient en face de l'homme comme la nature, se suffisant à elle-même, occupée d'elle-même

1. Louis-René des Forêts, *Ostinato*, Mercure de France, 1997, p. 89

– comme une fontaine, donc si l'on veut : indifférente [1]. » L'œuvre d'art, insiste Rilke, n'est donc d'aucun secours : « Que la tension des forces humaines que porte en elle une œuvre d'art, sans se dépenser au-dehors, que son intensité intérieure, sans s'extérioriser, par sa seule présence, puisse faire naître l'illusion qu'elle est aspiration, exigence, empressement, amour pressant et exaltant, débordement, vocation : voilà ce qui fait la bonne conscience de l'œuvre artistique (non sa mission) – et ce pieux mensonge entre elle et l'homme abandonné est pareil à toutes ces inventions de prêtres qui, depuis le commencement des temps, ont favorisé l'idée de Dieu. »

On comprend la gêne que suscite la poésie. Pourquoi elle n'est pas acceptable : « Un non-artiste vit tout entier dans la vie, il mise sur la vie, la vie telle qu'elle est, tandis qu'ici la mise est sur la vie telle qu'elle doit être [2]. »

Le poète est en effet toujours insatisfait. Il garde l'ailleurs ouvert. « Le poète, note Michaux pour sa part, n'est pas une excellent homme, qui prépare à son gré des mets parfaits pour le genre humain. Le poète n'est pas un homme qui médite cette préparation, la suit avec attention et rigueur, pour livrer ensuite le produit fini à la consommation pour le bien de tous.

Le poète ne se livre pas à cette opération, et, le voudrait-il, maigres sont les résultats. La bonne poésie est rare dans les patronages comme dans les salles de réunions politiques [3]. »

Orphée, tel que, par exemple, nous le dépeint Virgile, refuse la loi – celle des Enfers – puis l'amour convenu

1. Rainer Maria Rilke, *Cinq lettres d'un poète*, trad. Blanche Arfa, Paris, Lettres modernes, 1961, p. 61.

2. Marina Tsvetaeva, *Nathalie Gontcharova*, Sauve, Clémence Hiver, 1990, p. 56.

3. Henri Michaux, « L'Avenir de la poésie », *Œuvres complètes I*, Paris, Gallimard, La Pléiade, p. 968.

des femmes. Il est ailleurs. Aucune place sauve ne lui est ménagée. « Fondamentalement, la poésie ne *sert* à rien. Elle ne sert à rien parce qu'elle est l'expression même du *rien*, et en est comme sa jubilation. Affirmation, interrogation, oraison, célébration, elle ne peut rien étayer : elle déçoit – et doit décevoir – ceux qui veulent l'utiliser. Il faut avoir longtemps éprouvé, humblement, sa parfaite nullité devant le monde pour être poète ; il faut avoir longtemps mesuré son vide pour, dans la conscience du vide, tenter de dire le tout[1]. »

Aristée, responsable de la mort d'Eurydice qu'il a poursuivie de ses ardeurs le jour même de ses noces, s'il est un temps pour cette faute privé de ses abeilles, en se soumettant aux rites et au sacrifice, retrouve son essaim, symbole d'une société établie et bien ordonnée. La société s'accommode des lâchetés voire des crimes – mais jamais de la poésie. Orphée est mis à mort parce qu'il aime. Ce n'est pas une histoire. Le poète n'a vraiment pas de place. Les accusations de plagiat dont furent victimes Mandelstam et Celan et qui les terrassèrent ne se comprennent que comme ce rejet dont Orphée est partout et toujours la victime. Cette accusation est, comme le souligne Hadrien France-Lanord, « le crime contre la parole et contre la poésie[2] » perpétué par les littérateurs professionnels.

Le poète est l'être en marge d'une façon beaucoup plus abyssale que l'écoute romantique ne nous a permis de l'entendre. J'ai compris, explique Chalamov que « ce qui fait l'écrivain, c'est la pression qu'exerce sur l'âme le flux irrésistible de la poésie : on dirait que les mots cherchent à fuir un incendie qui se serait déclaré à l'intérieur, qu'ils se précipitent, se ruent sur le papier[3] ».

---

1. Christian Hubin, *La Forêt en fragments*, José Corti, 1987 p. 38.

2. Hadrien France-Lanord, *Paul Celan et Martin Heidegger, le sens d'un dialogue*, Paris, Fayard, 2004, p. 277.

3. Varlam Chalamov, *Correspondance avec Boris Pasternak*, trad. Sophie Benech et Lily Denis, Paris, Arcades, Gallimard, 1991, p. 78.

La poésie est source vive qui ne laisse personne indemne et surtout pas son auteur. Dans un poème très célèbre, *L'Albatros*, Baudelaire évoque la singularité du poète :

> « Le Poète est semblable au prince des nuées
> Qui hante la tempête et se rit de l'archer
> Exilé sur le sol au milieu des huées,
> Ses ailes de géant l'empêchent de marcher. »

Pierre Reverdy y revient : « Le poète est bien, par excellence, celui que la nature ne saurait parvenir à combler. C'est un monstre – l'oiseau des grands voyages que l'ampleur de ses ailes empêchent de marcher[1]. »

---

1. Pierre Reverdy, *Cette émotion appelée poésie*, Paris, Flammarion, 1974, p. 20.

La modernité comme question
Surmonter le nihilisme ?

« Devant moi brûlaient quatre flambeaux, le plus proche s'anima et rosit de telle sorte qu'on eût dit que Jupiter et Mars, mués en oiseaux, avaient échangé leur plumage. »

Dante (*Paradis, XXVII*, 10-15)

« À l'heure violette, quand les yeux et l'échine
Se relèvent du bureau, quand le moteur humain
[atteint
Comme un taxi attend, battant
Moi Tirésias, vieillard aux mamelles ridées,
Battant entre deux vies, bien qu'aveugle, *je vois.* »

T. S. Eliot, *La Terre vaine* [1]

Au cours de ces pages, j'ai évoqué à plusieurs reprises les visages propres à la modernité poétique dont l'ampleur est si difficilement comprise. En effet, le poète moderne est, dans notre époque, un iceberg dans une mer bouillante. Sans monde où demeurer et sans un contexte qui pourrait donner place à la parole, il doit établir lui-même

1. T. S. Eliot, « La Terre Vaine » in *Poésie*, trad. Pierre Leyris, Paris, Seuil, 1947, p. 73.

les conditions de possibilités de son écriture qui ne lui sont plus données. En ce sens, comme le découvrit Baudelaire, le poète contient désormais un critique. Hölderlin est l'exemple extrême de cet effort, lui qui chercha à déterminer les lois poétiques qui s'appliquent et celles qui ne s'appliquent plus. De *La Quatrième Prose* d'Ossip Mandelstam au *Méridien* de Paul Celan, nombreux sont les poètes qui ont suivi cette voie et présenté des méditations sur la poésie inégalées dans toute l'histoire de l'Occident. Ils ont ainsi établi la situation pour qu'un poème ait lieu. En ce sens la poésie moderne, loin d'être en rupture avec la vérité poétique telle qu'Orphée la nomme pour l'Occident, la sauvegarde – en la pensant.

La modernité est donc l'effort qui a su reconnaître que notre existence est dite en sa vérité par la seule poésie, et ce, au prix d'une destruction de la sédimentation de nos croyances qui l'obstruent. Destruction dont Mallarmé disait qu'elle était sa Béatrice [1].

La modernité est donc ce rapport médité à l'origine de telle façon que, loin de nous rendre nostalgiques ou réfractaires au passé, nous devenons portés, grâce à lui, vers notre véritable présent.

En ce sens, la modernité seule dit la vérité de notre époque que les divers analystes sont aveugles à prendre en vue. Car la vérité secrète de notre époque, voilà ce que personne n'a su discerner à part quelques poètes. Et faute de les avoir pris au sérieux, nous vivons dans le pastiche de la vérité de notre temps. Il suffit de regarder les discours politiques, nos représentations, nos images, nos discours pour le constater. Nous vivons dans des schémas usés, faux, qui ne répondent en rien à la vérité de notre temps. Ce que les gens appellent communément « moderne », le culte aveugle et consumériste du progrès,

1. Stéphane Mallarmé, « Lettre à Eugène Lefébure », 27 mai 1867, in *Œuvres*, tome I, Gallimard, Bibliothèque de la Pléiade, Paris, 1998, p. 717.

n'est que l'oubli de la modernité authentique comme notre possible.

En définissant l'acméisme comme « la nostalgie de la culture universelle », Mandelstam donne la clef de la modernité qui, tout entière, plonge ses racines dans ce qui peut faire encore mémoire.

Or c'est bien elle qui fait défaut :

> « Le feu antiphilologique ulcère le corps de l'Europe, crachant les flammes de ses volcans sur les terres d'Occident et ruinant pour des siècles les cultures du sol d'où il jaillit.
>
> [...] L'Europe sans philologie, ce n'est pas l'Amérique, c'est un Sahara civilisé, maudit par Dieu, l'abomination de la désolation [1]. »

Sans mémoire, la vie est impossible. Et la modernité est, en ce sens, la seule méditation réelle de l'histoire comme ce qui fait mémoire, c'est-à-dire sauvegarde le mémorable. C'est le bavardage institutionnel de l'histoire historique qui, malgré ses prétentions à faire sens, broie toute mémoire.

La modernité ne consiste donc nullement à chercher le « nouveau » pour le « nouveau » mais vise à retrouver le commencement comme ce qui garde en lui un mouvement toujours à l'œuvre.

Elle est la quête de cet initial comme en témoigne Mallarmé expliquant : « La poésie s'est entièrement détournée de sa voie depuis la grande déviation homérique. »

Et alors qu'on lui demandait : « Avant Homère, quoi ? », Mallarmé répondit « Orphée ! ».

La modernité est la quête d'Orphée.

---

1. Ossip Mandelstam, « De la nature du verbe » in *De la poésie*, trad. Mayelasveta, Paris, Gallimard, 1990, p. 81 sq.

Tirésias, figure moderne

Tirésias est une autre figure antique qui dit ce souci moderne de ne pas se résoudre au nihilisme. Elle a nourri la poésie de quelques grands poètes modernes et au premier chef Apollinaire, Joyce, Ezra Pound et T. S. Eliot.

Tirésias, alors qu'il était adolescent, surprit Athéna se baignant nue dans une fontaine sur le mont Hélikon. La déesse vit comme une atteinte à sa pudeur cette indiscrétion du garçon : « Elle lui mit alors les mains sur les yeux et le rendit aveugle » (Apollodore, III, 6, 7). Le poète est celui qui voit la nudité et en prend le risque fatal.

Mais inséparable de l'aveuglement est le don de la vue poétique. La nymphe Chariclo, mère de Tirésias, faisant partie du cortège divin, supplia en effet Athéna de rendre la vue à son fils. La déesse refusa mais consentit à alléger sa sentence : « Elle lui purifia les oreilles, et cela lui permit de comprendre parfaitement le langage des oiseaux ; puis elle lui donna un bâton de cornouiller, grâce auquel il marchait comme les gens qui voient. » Athéna lui concéda également une vie plus longue que le commun des mortels et le pouvoir de garder ses dons aux Enfers. Comment mieux dire l'état du poète !

Tout poète entend le langage des oiseaux et, aux enfers, là où les hommes ont perdu mémoire, il garde la sienne.

Le poète voit parce qu'il a perdu la vue. Nous qui voyons, nous n'y voyons rien.

Quel est notre enfer ? Que s'agit-il de voir, aujourd'hui ?

Pourquoi voir ? Que faut-il voir ?

Enfin, autre élément de la légende de Tirésias, sa privation de la vue n'est pas sans rapport avec sa confusion sexuelle. Selon un autre récit, Tirésias, ayant vu, sur le mont Cyllène, des serpents en train de copuler, les blessa et en punition, d'homme, devint femme. Ayant, sept ans plus tard, de nouveau, observé les mêmes serpents en train de copuler, il redevint homme.Voilà pourquoi, lorsqu'une dispute éclata entre Héra et Zeus sur la question de savoir si c'étaient les femmes ou les hommes qui se trouvaient éprouver le plus de plaisir dans l'acte sexuel, ils lui posèrent la question. Celui-ci répondit que, s'il y avait dix-neuf parts (de plaisir) dans l'acte sexuel, les hommes en éprouveraient neuf et les femmes dix. À cause de cette réponse, Héra l'aveugla. Mais Zeus lui fit don de la divination [1].

Dans sa pièce de 1917, *Les Mamelles de Tirésias*, pièce selon ses propres termes « surréaliste », Apollinaire met en scène une héroïne qui s'insurge contre l'autorité masculine (« Non Monsieur mon mari/Vous ne me ferez pas faire ce que vous voulez »). Elle revendique des droits égaux à ceux de l'homme, et décide de faire la guerre et de quitter le foyer conjugal. À ce moment : « Elle pousse un grand cri et entr'ouvre sa blouse dont il en sort ses mamelles, l'une rouge, l'autre bleue, et comme elle les lâche, elles s'envolent, ballons d'enfant, mais restent retenues par les fils. » Elle fait, peu après, exploser ses mamelles et devient un homme « viril en diable ».

Son mari décide de faire des enfants tout seul à la place

1. Pseudo-Apollodore, « Fragmenta Hesiodea », trad. L. Brisson in *Le Mythe de Tirésias*, Leiden, E. J. Brill, 1976, p. 15-17.

de son épouse insoumise. Apollinaire brouille ainsi les identités sexuelles et refuse le conformisme que voudraient imposer les tenants de l'Union sacrée engagée dans la guerre. La pièce se souvient d'Aristophane, devient farce, et célèbre la valeur poétique de la surprise et du rire qui dérange les ordres. Tirésias voit d'autant plus qu'il se joue des normes et touche à l'impossible – car l'impossible est le lot du poète. Depuis Sappho ou Pindare jusqu'à notre temps, les poètes sont animés du désir d'une pure adhésion au monde, en traversant ce qui l'empêche. Et pour ce faire, ils sont prêts à devenir comme Tirésias et à avancer, dans ce qui, pour les autres, est ténèbre. Tel est le sens des propos de Rilke dans son *Testament* : « L'artiste est de ceux qui, dans une adhésion unique, irrévocable, ont renoncé au gain et à la perte : car ni l'un ni l'autre n'existent plus dans la loi, dans le domaine de la pure obéissance. Ce oui libre et définitif au monde situe le cœur sur un autre plan de l'expérience vécue. Ses boules de loterie ne sont plus le bonheur ou le malheur, ses pôles n'ont pas pour nom vie et mort. Sa mesure n'est pas la distance entre les contraires [1]. » Ce oui immense s'offre à celui qui, comme Tirésias, fait l'épreuve du vertige de la vue et de l'identité.

Un tel oui est à la fois très ultime et très simple. Ultime, car le tout de l'existence doit y être assumé. Et très simple, car chaque poème nous le montre. Ce « oui » pose les choses dans un espace, où chaque chose, chaque être, chaque homme est abrité, recueilli, nommé. Même le plus douloureux ? Oui. La poésie garde. Nous garde. La poésie affirme tout le terrestre, sans rien exclure. Parfois, cela lui coûte, au-delà du dicible et du supportable. Parfois, une joie infinie, pure, d'outre-monde, s'en déploie. Parfois,

1. Rainer Maria Rilke, *Le Testament*, trad. Philippe Jaccottet, Paris, éd. du Seuil, 1998, p. 27.

comme dans la pièce d'Apollinaire, elle brouille toutes les pistes. Elle se joue de nous.

Le poète, de toute façon, n'a que faire de nos idées sur la poésie et le beau. Elles sont aussi grossières que souvent vulgaires. Ces notions esthétiques, que les gens prennent pour la poésie, qui leur plaît, voilà bien ce que le poète a laissé une fois pour toutes, loin derrière. Son aspiration vise à une musicalité qui n'a, comme le souligne Paul Celan : « plus rien de commun avec ces "harmonies" qui en compagnie et au voisinage de l'horreur continuèrent plus ou moins tranquillement à se faire entendre – et elle doit trouver, pour cela, une "langue plus grise"[1] ». À ce prix, il continue, comme Tirésias, dans cette position singulière où il est un médiateur entre l'aujourd'hui et le monde des morts, entre l'ici et la mémoire, entre le jour et le mythe.

1. Paul Celan, *Le Méridien & autres proses*, Paris, éd. du Seuil, 2002, p. 32.

Conclusion

« Orpheüs le doux ménestrier
Jouant de flûtes et musettes,
En fut en danger du meurtrier
Chien Cerberus a quatre têtes ;
Et Narcissus, le bel honnêtes,
En un parfond puis se noya
Pour l'amour de ses amourettes.
Bien heureux est qui rien n'y a ! »

François Villon, *Double ballade*

« Près du gothique vécut scandaleux,
Et conspuant le droit des araignées,
L'insolent écolier, l'ange voleur,
Maître François Villon, l'incomparable [1] »

Ossip Mandelstam

Tristan Tzara, le grand poète dadaïste, méditant l'œuvre de Villon (1431-1463), souligne qu'« on pourrait avancer que la volonté pratique de produire des œuvres poétiques tue la poésie. Celle-ci ne serait, dans ce cas, qu'un surplus, un dépassement, une qualité ajoutée à la détermination du

1. Ossip Mandelstam, « Cahiers de Voronej » in *Tristia et autres poèmes*, trad. François Kérel, Paris, Gallimard, 1982, p. 210.

poète. La poésie de Villon participe d'un état d'esprit ingénu où la fraîcheur de sentiment n'est pas encore ternie par les spéculations intellectuelles que l'on ne tarda pas à y introduire. […] Il faut convenir que la poésie de nos jours, surtout depuis Verlaine, retrouve en Villon une parenté que les époques intermédiaires peuvent difficilement lui offrir [1]. »

Ezra Pound, dans son travail pour repenser l'histoire poétique de l'Occident, a lui aussi considéré Villon comme l'un des plus grands poètes d'Occident : « Après Villon, et ce, pendant des siècles, la poésie peut être considérée comme de la *fioriture*, comme une efflorescence, presque une effervescence, et sans aucune racine nouvelle [2]. » Ezra Pound souligne la manière dont Villon dit vraiment ce qu'il voit : « Villon n'est pas une théorie, mais un fait objectif [3]. » Il est l'exemple du poète qui jamais ne triche, jamais ne passe outre la singularité de sa propre expérience. Il nous délivre ainsi de ce qui la recouvre, la cache, la nie, et où nous nous sommes, nous, perdus [4].

De manière très frappante, Mandelstam, en 1910, a écrit un article sur le poète français en le rapprochant lui aussi de Verlaine, et en soulignant que tous deux représentent : « absolument le même phénomène astronomique » – le rappel de la vérité de la poésie, contre les « serres chaudes [5] » des grands rhétoriqueurs.

1. Tristan Tzara in « François Villon », *Poésies*, Paris, Poésie/Gallimard, 1973, p. 9.

2. Ezra Pound, « Comment lire » in Cahiers de L'Herne t. 1, 1965, p. 75.

3. Ezra Pound, *Esprit des littératures romanes*, trad. Pierre Alien, Paris, 1966, 10/18, p. 226.

4. La langue de Villon lui sembla si décisive, son engagement si exemplaire, qu'il décida de mettre son *Testament* en opéra (dans une œuvre étonnante qui tient pour une part au nô japonais, pour une autre au *Singspiel*) ; cf. Domenico di Paoli, *Ezra Pound*, Cahiers de L'Herne, II, Paris, 1965, p. 665.

5. Titre du premier recueil de poésies symbolistes de Maeterlink (1889), auquel s'opposa Verlaine.

Villon s'échappe de la rhétorique, fait entrer le ton parlé en poésie pour porter témoignage. Il invente un nouveau lyrisme, qui n'est plus au service des grands, un éloge de la beauté idéale et de la *vertu* des nobles. Il est du côté des farfelus comme des malheureux, de ces êtres bisexués susceptibles de dédoublement à l'infini au nom de leur dialogue intérieur : « Nulle part ailleurs ne s'est manifesté de manière aussi éclatante cet "hermaphrodisme lyrique", si ce n'est en Villon. Quelle palette variée de duos enchanteurs : l'affligé et le consolateur, la mère et l'enfant, le juge et l'inculpé, le possédant et l'indigent[1] !... » Villon en nouveau Tirésias !

Ce n'est pas, en effet, le riche contre le pauvre. Le pauvre contre le riche. Le bien contre le mal. L'amour contre la haine. La paix contre la guerre dont le poète témoigne. Avec lui, la poésie parle une autre langue. Et pour ce fait, tout poète est bisexué et juif[2], comme l'écrit, pour sa part, Marina Zvétaieva[3]. Tout poète renverse les oppositions. Il est libre de leur accord comme de leur dissonance.

En m'engageant dans l'écriture de ce livre, je ne pensais pas qu'il me plongerait dans un chagrin aussi profond. Le sort des poètes est de ne pas être chez eux dans le monde où les hommes se sentent à l'aise. D'habiter la *Capitale de la douleur* (Paul Eluard). Pourtant ce chagrin n'étouffe pas, au contraire, comme le dit Nelly Sachs à Paul Celan :

1. Ossip Mandelstam, *De la poésie*, Paris, Gallimard, 1990, p. 153.

2. Cf. Ossip Mandelstam, *La Quatrième Prose*, Christian Bourgois, 1993, p. 34. : « *J'insiste sur le fait que l'écrivainerie, telle qu'elle s'est formée en Europe et surtout en Russie, est incompatible avec la digne appellation de Juif, appellation dont je suis fier.* »

3. Cf. aussi cette remarque de Jacques Derrida : « Tout homme, circoncis par la langue, est Juif », *Schibboleth pour Paul Celan*, éd. Galilée, 1986, p. 99.

« Avec vos poèmes vous m'avez donné une terre dont je croyais que seule ma mort saurait me la conquérir. Donc je tiens – ici [1]. » La terre, c'est pour les hommes une langue qui cesse de mentir et de faire semblant.

Lire un poème, c'est faire l'épreuve que oui, vraiment, nous sommes en exil sur cette terre privée de toute parole juste. Et l'écouter, la dire seul rend l'exil supportable.

Exil propre à tout être humain. Exil encore redoublé à l'âge des Temps Nouveaux par le déracinement acharné qu'on inflige à l'homme, nous laissant les lèvres amères et les mains vides. Nous sommes tous, désormais, non seulement en exil, mais déracinés. Tel est notre sort. Que nous le sachions ou non, que nous le reconnaissions ou non, n'y change rien.

Nous sommes non seulement sans patrie ni foyer, mais sans terre.

Bien sûr, comme le dit le titre d'un recueil de Peter Huchel (1903-1981), *La tristesse est inhabitable*. Mais la tristesse n'est pas ce que nous croyons. Et tout d'abord, elle ne s'oppose pas à la joie, mais la contient. La tristesse comme antipode de la joie n'est que dépression. Et la joie qui refuse la tristesse est un état de frivolité.

« Deux pigeons s'envolent du rebord de la fenêtre
Le pont préserve le serment.
Cette pierre
Dans l'eau de l'Agide
Prodigue dans son silence.
Et au milieu des choses
La tristesse [2]. »

Le poète entre dans le chagrin comme Orphée entre dans la nuit par amour, mû d'un amour inguérissable, ou

1. Nelly Sachs, « Paul Celan », *Correspondance*, trad. Mireille Gansel, Paris, Belin, 2000, p. 25.

2. Peter Huchel, « Vérone » in *La tristesse est inhabitable*, trad. Emmanuel Moses, Paris, Orphée/La Différence, 1990, p. 39.

plus exactement inaltérable. La poésie naît de l'impossibilité où se trouve le poète de rentrer dans le rang. Il est gardé par un appel. Une voie qui n'a pas de sens mais qui fait éclore le ciel. Quel singulier phénomène : voir le ciel fleurir !

C'est que tout poète pleure et chante dans le même temps. Il pleure, d'autant plus que le contraste entre l'octroi et le refus est plus vif. Ainsi la tristesse est, en poésie, non le signe d'un découragement mais, tout au contraire la preuve d'un grand *courage* – où, à l'écoute de l'étymologie de ce terme, il faut entendre le cœur qui s'éploie. Le refus du renoncement, de la compromission, de la lâcheté ordinaire. Voilà la voix d'Orphée. Son urgence.

Le poète nous fait communier avec l'ordre des choses. Il ne rêve pas. Personne ne rêve moins que lui. Il dit le malheur du monde, mais dit aussi ce qui du monde résiste. Il le peut pour autant qu'il ne triche pas. Le poète qui triche perd tout comme ce fut le cas d'Aragon : « Un homme, selon la remarque de Michaux, autrefois bourgeois mécontent, et grand poète, Louis Aragon devenu militant communiste, dévoué à la cause comme personne, mais médiocre poète, ses poèmes de combat ont perdu toute vertu poétique[1]. »

Il est possible d'écrire des romans, des essais, de faire parler de soi, de jouer le jeu littéraire dans la grande fabrique du sans risque, mais la poésie ne se donne qu'à celui qui est prêt à tout lui donner. Sans cela, la voilà qui déserte. Comme l'écrivit Akhmatova, si terriblement persécutée : « Je dirai que je n'ai jamais déserté la poésie, ni à tire-d'aile, ni en rampant, quoique à plusieurs reprises, à grands coups de rames sur mes mains devenues de bois, cramponnées au bord du canot, on ait tenté de me faire

1. Henri Michaux, « L'avenir de la poésie », *Œuvres complètes I*, Paris, Gallimard, Bibliothèque de la Pléiade, p. 968.

lâcher prise[1]. » Je crois que cet engagement est le sommet de l'éthique dont notre temps cherche à tracer les contours.

Il y aura toujours des Aragon comme il y aura toujours des Akhmatova. Des êtres qui fuient la tristesse et d'autres qui l'approchent dans la patience de l'azur.

Les uns seront célébrés, honorés pour avoir plongé dans la boue avec une fébrilité sombre qui sait tout souiller, les autres, raillés pour ne cesser d'embrasser, avec grâce, le monde des persécutés :

« Frères humains qui après nous vivez,
N'ayez les cœurs contre nous endurcis,
Car si pitié de nous pauvres avez
Dieu en aura plus tôt de vous mercis. »

(Villon, *La Ballade des pendus*)

La condition terrestre est, pour le poète, la limite. Il ne cherche pas à la dépasser. Lui seul n'outrepasse rien. Il sait la limite. Il la travaille. L'univers a beau devenir hostile, le poète ne s'en détourne pas. Il clame sa peine, tout en refusant tout moyen d'y échapper. Comme l'écrit Georg Trakl :

« Dans le cristal bleu
Habite l'homme blême, joue appuyée à ses étoiles ;
Où dans un sommeil pourpre il incline la tête[2]. »

Contrairement à tant d'idées reçues, nous n'avons pas aujourd'hui besoin de sages mais de poètes. Ce qui a disparu avec Auschwitz ce n'est nullement, comme le crut Adorno, la nécessité d'un poème, nécessité plus que jamais extrême, mais la sagesse. La figure de l'homme vivant à l'écart des tracas et des aléas, de la douleur et du

1. Anna Akhmatova citée in *L'horizon est en feu, Cinq poètes russes du XXe siècle*, présentation et choix Jean-Baptiste Para, Paris, Gallimard, 2005, p. 13.

2. Georg Trakl, « Paix et silence », *Poèmes majeurs*, trad. Jacques Legrand, Paris, Aubier, 1993, p. 35.

malheur, dans une sérénité souriante, n'a plus de sens. Nous n'en voulons plus. Elle est une image kitsch qui peut *fasciner* les médias et les êtres coupés de leur propre être. Mais nous, elle nous insulte.

Le sage, qui vient en tournée planétaire dispenser ses conseils pour rendre « les peuples heureux, sages et riches, en vingt-quatre heures » devrait, comme le souligne Baudelaire, nous mettre dans un état « avoisinant le vertige ou la stupidité [1] ». Le sage n'est plus à même aujourd'hui de redresser les souffles, d'ouvrir un monde où nous aurions place, d'entrer sans peur dans la dévastation. Non, cela, il ne le peut. Et nous, nous avons besoin qu'une parole soit dite. Personne, ni l'homme politique, ni l'homme religieux, ni l'expert en communication, ne parle plus.

Or comment soutenir, sans une parole, l'existence humaine ? L'enfant qui naît a besoin d'être nommé. Son prénom est le premier poème. Personne ne s'est encore résolu à attribuer à un nouveau-né un numéro comme seule nomination. On lui *donne* un prénom qui l'inscrit dans la mémoire de l'humanité et lui montre un chemin possible. Il est le visage même de l'amour porté.

Une vie officielle est une vie perdue. On se perd à chercher à se rassurer, à détenir un peu plus de pouvoir, à s'en sortir. En ce sens, le poète, malgré les propos de Sartre, réussit sa vie, car il est au monde en rapport à la terre et au ciel et il sait que :

> « C'est des beaux yeux derrière des voiles,
> C'est le grand jour tremblant de midi,
> C'est par un ciel d'automne attiédi
> Le bleu fouillis des claires étoiles… [2] »

---

1. Charles Baudelaire, « Assommons les pauvres » in *Spleen de Paris*, Paris, Gallimard.

2. Verlaine, *Art poétique*, cité in Jean-Pierre Richard, *Onze études sur la poésie moderne*, Paris, éd. du Seuil, 1981, p. 169.

Posture extrême. Se souvenir dans les eaux froides du Léthé, où l'homme, d'ordinaire, oublie tout. Le poète n'a pas d'autre choix : « La vision de Dante est réelle, car il l'a contemplée. Les vers de Villon sont vrais car il les a vécus. [...] Pour ces hommes la vie est au plus fort de la mêlée. Ce n'est pas en brassant de la littérature, en distillant la culture qu'on égalera jamais leurs accents [1]. » Là, où la culture gagne, la poésie s'efface. Car la poésie est la parole présente, le seul millimètre d'air, le souffle qui conduisit Rainer Maria Rilke, dans la *neuvième élégie* à montrer une habitation possible sur la pointe extrême d'un singulier consentement :

« Terre, toi que j'aime, je le veux. Oh ! crois qu'il ne sera
[plus besoin
de tes printemps pour me gagner à toi, l'un deux,
ah ! un seul est déjà trop long pour le sang.
Indiciblement je consens à toi, de loin je viens à toi [2]. »

La poésie ouvre un monde juste où la proclamation de la vérité, de la dignité et de la beauté a encore un sens. Ne fait pas diversion mais nous oblige. À la toute fin de sa vie, écrasé par la machine stalinienne, Ossip Mandelstam écrit :

« Et quand je vais mourir, ayant servi mon temps
Moi de tout temps l'ami de tout vivant sur terre
Retentira plus haut et plus immensément
L'écho du ciel dans ma poitrine tout entière. »

1. Ezra Pound, *Esprit des littératures romanes*, trad. Pierre Alien, Paris, 1966, 10/18, p. 229.
2. Rainer Maria Rilke, *Les Élégies de Duino (IX)*, trad. Jean-François Angelloz, Paris, Aubier, 1943, p. 57.

Remerciements

À François Laurent, mon éditeur, pour son chevaleresque soutien et sa confiance

À Bruno Gaurier, Robert Marteau, Jean-Paul Savignac et Jean-Yves Masson, qui m'ont confronté à la poésie dans la chair de l'écoute

À Hector Féliciano qui, le premier, a su poser mes pas sur une route sûre.

Table des matières

Imprimé en France par
Hérissey à Évreux (Eure)
en septembre 2010

POCKET - 12, avenue d'Italie - 75627 Paris Cedex 13

– N° d'imp. : 114924 –
Dépôt légal : octobre 2010
S18976/01